監禁依存症

櫛 木 理 宇

監禁依存症

IMPRISON
ADDICTION

RIU KUSHIKI

目次

プロローグ

依頼人からは、「同意の上でのことだった」と聞いております——。

「は？」

彼女は思わず問いかえした。己の耳を疑った。たったいま聞かされた言葉が、どうしても信じられない。いや、信じたくなかった。

目の前の男を、あらためて彼女は凝視した。

のっぺりと色白の顔に、縁なしの眼鏡。見るからに上質なスーツ。袖ぐりから覗く、ホワイトゴールドのロレックス。

威圧的だ、と彼女は思った。その慇懃無礼な態度も、抑揚のない口調も、レンズの奥から見下げてくる瞳も、衿で光る弁護士バッジも、なにもかもが威圧的だった。

——そう思ってしまうのは、わたしの偏見とやっかみなのだろうか。

いや、駄目だ。彼女は唇を噛んだ。

弱気になってはいけない。娘のこれからの人生と名誉のために、わたしは戦うと決めた。こんなはじめの段階から、臆してなるものか。

そう決心を新たにしながらも、

――こちらにも、弁護士を雇えるお金があったら。

と彼女は考えずにいられなかった。

残念ながら、そんな余裕はない。

両親はとうに亡かった。夫はといえば、三年前に鬱（うつ）でみずから縊死（いし）した。

彼女はいま、昼は検卵工場、夕方はガソリンスタンド、夜は居酒屋と掛け持ちで働いている。毎日の睡眠時間は四時間を切る。それでも収入は、男性の平均年収の七割程度に過ぎない。

ここ数年、自分の服は一枚も買っていない。靴下や下着に穴があけば、つくろって着ている。髪は娘に切ってもらった。どうしても化粧せねばならないときは、百均ショップのコスメでしのいだ。

さいわい娘は聞きわけのいい子で、勉強もよくできた。いずれは大学に行かせたかったし、そのために一円でも多く学費を貯めておきたかった。娘のためならどんな苦労も苦ではない。

文字どおりの、宝物だった。

――その娘を、強姦（ごうかん）された。

目の前の男を顧問弁護士とする、前歴四回のろくでなしに、だ。

前科でなく前歴なのは、四回とも示談を成立させたせいである。しかも、そのすべてが性犯罪だった。

「示談が成立すると、不起訴処分になることが多いんです」

数日前に聞いた警察官の言葉が、鼓膜の奥でよみがえった。

「起訴か不起訴かを決めるのは、われわれ警察ではなく検察ですから。わたしどもだって、悔しいんです。……もちろん示談するかどうか判断するのはご家族ですので、ああしろこうしろとは言えませんが」

中年の警察官は、言外に「示談しないでくれ」とのニュアンスを滲ませていた。

そのとき彼女は即座に思った。するわけがない、と。

あんなかたちでわが子が襲われ、一生癒えぬ傷を負わされたのだ。お金などで許せるものか――。そう怒鳴ってやりたかった。

しかし。

現実には、彼女は早くも臆しつつあった。眼前に座る弁護士に、その世慣れた態度と冷えた眼差しに、完全に気圧されていた。

膝の上で、彼女は拳を握った。

――負けるもんか。

ひとつ深呼吸し、彼女は顔を上げた。

「いまのは、どういう意味ですか？」

毅然とした口調に響きますように、と内心で祈った。

「『同意の上でのこと』？　どういう意味なんです。うちの娘が、あ、あんな行為に同意した、と言いたいんですか」

平静を保ちたかったが、なかばで声が震えた。口に出すのも汚らわしい。しかし反駁しないわけにもいかなかった。

弁護士は対照的に、眉ひとつ動かさない。

彼は手もとのファイルをひらいて、

「わたしは依頼人の主張をお伝えしているだけです」

と言った。

「あくまで代理人に過ぎません。ですから、そう感情的になられても困ります」

「……、っ」

彼女は息を呑んだ。顔に血がのぼるのがわかった。

——感情的になられても、ですって？

わが子を傷つけられて、感情的にならぬ親などいるものか。

そう思ったが、弁護士の言葉にも一理あった。いまは自分の怒りより、娘が優先だ。弁護士を罵倒したところで娘の尊厳は守れない。そう、娘を守れるのは、この世にわたししかいないのだ。

――夫も両親も、すでに亡いいまは。

彼女は背すじを伸ばそうとした。だが弁護士はその気勢をくじくように、

「失礼ですが、お宅さまの暮らしぶりは、お世辞にも豊かとは言えませんね」

くいと眼鏡を押しあげた。

「あなたは朝八時から夕方五時まで工場で働き、夕方はガソリンスタンド、夜七時から深夜一時までは夜のお店で働いていらっしゃる」

「居酒屋です」

彼女は慌てて反論した。

「夜のお店なんて、誤解を招く言いかたはやめてください。お客さまの注文を取って、食器を運んだり下げたりしているだけです」

「失礼。怒らせてしまったようですね」

弁護士は薄く笑った。

「侮辱するつもりはありませんでした。職業に貴賤はない、と教わりましたのでね。ですが

あなたは、〝夜のお店〟で働く女性に偏見がおありのようだ。存じあげなかったもので、失礼」

眼鏡の奥で、目がさらに笑っていた。彼女は弁護士の目的を悟った。

――こいつはわたしを怒らせようとしている。

取り乱させ、娘に不利な言葉を引きだし、わたし自身の失態によって気持ちをくじこうとしている。

狡猾だ。だが、そんな手にのるもんか。

「わたしの仕事が、あなたの依頼人の犯罪となんの関係が？」

彼女は尖った声で反駁した。

しかし弁護士は、「犯罪と決めつけないでください」とかわしただけだった。

ファイルの書類をめくる。

「わたしの言いたいことは以下です。さきほども申しあげましたように、あなたがたはけっして豊かな家庭ではない。娘さんは母親思いのいい子だと、ご近所でも評判だ。しかし、そろそろおしゃれ心に芽生え、異性にも興味が出る年頃です」

「なにが言いたいんですか」

「いえね」

弁護士は妙な間を持たせてから、

「お金がほしくなる年頃だ、ってことですよ」

と言った。

「……は？」

「なんにでも金のかかるご時世です。女の子ならなおさらだ。可愛い服がほしい、化粧品がほしい。親に内緒でスマホを持ちたいし、ゲームもしたい。男の子とだって遊びたいでしょう。しかし先立つものが、つまりお金が家にない。また娘さんは〝いい子〟ですから、あなたに無理を言ってねだったりもできない。となれば、ねえ。自分で稼ごうと思っても、無理もないことで……」

「待ってください」

彼女はさえぎった。

「あなた、なにを言ってるんです？　む、娘が、わたしの娘が、ば、ば――……」

売春した、とでも言いたいのか。

そう喚きちらしたかった。

だが声は、喉の奥で硬く凝っていた。そんな直截な、下卑た単語は口にしたくなかった。

たとえ仮定であっても、娘への冒瀆に思えた。

「わたしはただ、一般論を言っているだけです」

弁護士は冷ややかに言った。

「援助交際だの出会い系だの、昨今の少女の無軌道ぶりは嘆かわしい。わたしとて、この現状を憂う一人です。しかしそれが現実である以上、可能性を無視して話を進めることはできません。で、どうなんです？　もし娘さんのほうから持ちかけたとなると、娘さんのほうが売春の罪に問われることになりますが？」

「な、な……」

喉から、言葉が出てこなかった。

言いたいことは、あとからあとから押し寄せてくる。わたしの子を馬鹿にするな。片親家庭だからって、見くださないで。うちの子はそんな子じゃない。やさしくて親思いで賢くて、ほんとうに、父親そっくりのいい子で――。

胸もとから熱い小石がせりあがってきた。熱いその塊が、ひとりでに喉をふさいでしまう。眼球の奥にも熱が生まれた。その熱が、勝手に目を潤ませる。泣きたくないのに、視界がみるみるぼやけていく。

「わたし、わたし、の、あの子は――」

例の警察官の顔が、脳裏に浮かんだ。

あのとき彼は、つらそうに洩らした。「ここだけの話ですが、常習犯です」と。

――小学生の、女児ばかりを狙う常習犯なんです。

彼女は犯人の男の姓名をネット検索した。

すると、過去のニュースキャッシュが二件残っていた。どちらの事件も、女子小学生への強制性交による逮捕であった。

キャッシュによれば、犯人は取調室でこう供述したという。

「『ただいま』を言わずに、黙って家に入っていく子が狙い目なんですよ。それから身なりが質素で、小柄な子ね」

ただいまを言う相手が、家の中にいない。「となれば強姦できる確率は、ぐっと上がります」得々と犯人は語った。

玄関の鍵を自分で開け、無言で家の中に入ったなら、子どもだけで留守番している可能性が高い。となればチャイムを押し、なんとか言いくるめてドアを開けさせてしまえばこっちのものだ、と。

「一人で留守番してて、服とか持ちものが質素な子は、八割強でイケますね。裁判できる金も余裕もないってことですから。小柄な子を狙うのは、単に好みなのと、押さえつけやすいからです」

犯人のスマートフォンを押収したところ、画像フォルダは被害者の画像と動画でいっぱいだった。しかも犯人は被害者一人一人に点数を付け、スコアを誇っていた。

「失敗したら零点。口でやらせただけなら三十点。セックスできれば六十点。画像も動画も撮れたら九十点で、女の子が入院までいけば満点です」

——わたしの、娘を。

彼女はスカートの布地を握りしめた。

——わたしの大事な娘を、点数なんかで。

まだ小学五年生だ。亡き夫の忘れ形見でもある。

彼女が帰宅したとき、娘は上がり框に大の字で失神していた。下半身は裸で、股間から太腿にかけて鮮血に浸っていた。ひどく殴られ、肋骨と頬骨と、指の骨を四本折られていた。

一一九番で駆けつけた救急隊員が、目をそむけるほどの凄惨さであった。

退院できても後遺症は残った。一・二あった左目の視力は、殴打のせいで〇・一以下にまで落ちた。

「……ど、同意、のわけ、ないでしょう」

声が、胸のあたりで詰まった。

「むすめ、は、大怪我をしたんですよ。さ、裂けて、血が——血が、あんなに」

限界だった。彼女はわっと泣きだした。

泣いたら駄目だ。いけない。理性はそう叱咤するのに、涙が止まってくれなかった。あのときの娘の姿を思いだすだけで、あとからあとから涙が湧いた。

「では、裁判しましょうか」

弁護士がぴしゃりと言う。

「同意かそうでないか、われわれ同士が言いあっても平行線のようだ。不本意ですが、裁判しかないですね」

彼はこれみよがしにファイルを閉じた。

「一応言っておきますが、こちらは裁判に何年かかろうがかまいませんよ。徹底的に争います。そちらは弁護人もいないようですし、毎回ご本人が裁判所に足を運んでもらうことになりますが、いいですね？　お仕事はその都度休めるんでしょうか？　馘首にならないといいですねえ。あ、それから、娘さんにも証言台に立ってもらいますよ」

「し、証言……」

「当たりまえじゃないですか。自称、被害者なんですから」

彼は「自称」の部分を嫌味たっぷりに発音した。

「ご存じとは思いますが、公判には傍聴人がおります。最近は傍聴マニアなんて言葉もできるほどブームでしてね、とくに性犯罪は、男性の傍聴人に人気があるんです。何十人もの男性の好奇の視線にさらされながら、娘さんはご自分の体験——いや失礼、被害でしたね——について質問され、ひとつひとつ詳しく説明させられることになります。その点も、大丈夫でしょうか？」

覚悟はおありですね——？　と目を覗きこまれる。

彼女の顔面は、いまや涙と洟でぐしゃぐしゃだった。証言台に立たされ、この男の質問にさらされる娘を想像しただけで、背すじが凍った。

「それとですね、親切のつもりで申しあげるんですが」

弁護士はゆったり微笑んだ。

「こんな席ですら感情を抑えられないのでは、ねえ。あなたは公判でも、そうやって泣くつもりですか？　裁判はロジカルな場です。女性の涙は通用しませんよ。あなたのような美人は、泣けば済まされてきたんでしょうが……」

駄目押しのつもりらしかった。だが、必要なかった。

すでに彼女の心は折れていた。

——娘を、証言台には立たせられない。

しゃくりあげながら、彼女は思った。娘の心も体も、完全にもとどおりにはならない。医師にもそう宣告された。その娘を、これ以上傷つけることなどできない。

――たとえそれが、こいつらの思う壺だったとしても。

彼女は涙で霞む目で、向かいの小諸弁護士を睨んだ。

もはや睨むことしかできなかった。罵倒したくても声は詰まり、言葉が出てこなかった。

――こいつの子、も。

こいつの子どもも、わたしの娘と同じ目に遭えばいい。

そう強く念じた。

子どもに罪はない。親の咎を子どもに負わせるべきではない。わかっている。理性でわかっていても、願わずにいられなかった。

こいつにも、わたしと同じ思いを味わわせたい。

愛する者をめちゃくちゃにされて、家族全員で絶望のどん底に落ちればいい。

――そのときに後悔したって、もう遅い。

時計が刻む秒針の音が、やけに大きく聞こえた。

第一章

1

＊十一月十八日（土）　午後四時三十八分

警視庁刑事部捜査第一課は、不穏な空気に包まれていた。

未決処理のため、高比良乙也巡査部長は朝からパソコンと向きあっている。凝った首をまわすふりをして、さりげなく奥の理事官席をうかがった。

——うちの係長は、まだ解放される気配なしか。

理事官のまわりには、強行犯第五係長、捜査一課長、そして高比良の上司である合田が集められていた。

合田はフロアを離れて会議室に移動したかと思えば、また戻り、理事官が警察庁と電話し終えるのを待ち……といったふうに、落ちつかぬ一日を過ごしている。

――合田係長は関係ないのに……とは、言っちゃいかんか。

高比良はパソコンに顔を戻した。

その脳裏に『警察、またも失態』『冤罪による自殺』『国家権力の犠牲者』と、どぎつい文字が躍る。ワイドショウやゴシップ誌の、心ない見出しであった。

――正確には、冤罪ではない。

キイボードを叩きながら、高比良は苦くひとりごちる。

冤罪ではなかった。なぜって起訴どころか、逮捕さえしていなかったのだから。

ただし、容疑者の一人ではあった。

第五係が出張った特捜本部では、任意で彼を何度か事情聴取していた。参考人として署に出頭させ、取調室に入れた日さえあった。

とはいえ手錠を嵌めたわけでも、強く犯人扱いしたわけでもない。すくなくとも高比良はそう認識している。

――だが自宅に帰された直後、彼は自殺した。

己の部屋のドアノブにタオルをかけ、縊れ死んだのだ。発見者は実父であった。訃報を聞いたのが、昨日のことだ。

高比良はいま一度、首をまわした。理事官席に集まった幹部たちを――とりわけ第五係の係長を、横目でうかがう。

しおれている。当然だろう。ろくに眠っていないのか、目の下が青黒い。犯罪者相手には一歩も退（ひ）かぬ歴戦の猛者（もさ）たちが、いまは憔悴（しょうすい）しきっている。

――だがマスコミどもは、同情ひとつしないだろう。

ああして肩を寄せあう幹部たちを見ても、「口裏を合わせている」「隠蔽（いんぺい）工作を企んでいる」と決めつけるのみに違いない。

胸がむかついた。と同時に、熱いカフェインがほしくなった。舌が焼けるほど熱く、真っ黒に濃いやつがほしい。すきっ腹のいま飲めば、胃酸で胸焼けするとわかっていてもだ。

高比良が腹立ちまぎれにエンターキイを叩いたとき。

視界の端で、第一係長が警電を取るのが見えた。

「ああ、こちら庶務担（ショムタン）。……ん？　ああ、そうか。ああ……」

課内庶務担当、すなわちショムタンなる言葉が使われなくなって久しい。しかしこのベテラン警部は、いまだ己の役目をそう自称する。

捜査一課は第三係からが実働部隊で、第一と第二係は縁の下の力持ちだ。その立場を、誇るがゆえの自称であった。

第一係長がのっそり立ちあがる。理事官に歩み寄り、なにごとかささやく。

しばし考えこんでから、理事官は合田に話しかけた。

合田がうなずきかえすのを高比良は見た。自分の部下たちがいる島に目をやり、今日はじめて理事官のそばを離れ、足早に近づいてくる。

「高比良。それから三浦」

合田は同じく未決処理をしていた後輩を指し、

「すまんが、特殊班の応援に行ってくれ。玉川署だ」

と低く言った。

「特殊班……？　立てこもりですか？」

「いや、誘拐だそうだ。九歳の男の子がさらわれた」

高比良は息を呑んだ。

向かいで三浦が頬を引きしめるのがわかった。

「現在、玉川署に指揮本部を設立中だ。岡平理事官と特二が向かった。今後の流れによっちゃ、残りのやつらを率いておれも合流する。ひとまず頼んだぞ」

「了解です」

応えるが早いか、高比良は腰を浮かせた。

「おっと」その前に、とタッチパッドを叩いてデータを保存する。この動作を忘れたら、ここ数時間の努力が水の泡だ。

目を上げると、三浦はすでに戸口の前で待機していた。

2

＊十一月十八日（土）　午後五時八分

指揮本部は、玉川署二階の会議室に設営されつつあった。

玉川署の署員らしき数人が、長テーブルに無線機と電話機を並べ、プリンタやパソコンを運びこみ、ホワイトボードを運び入れ――と、忙しなく立ち働いている。

高比良は真っさきに、第一特殊犯捜査の岡平理事官のもとへ歩み寄った。

「理事官。合田班から参りました、高比良と三浦です」

「おう」

岡平が短く応えた。

いつ見ても顔いろの悪い陰気な男である。しかし誰もが知る、刑事部長の懐刀だ。ノンキャリアの叩き上げながら、四十七歳で警視に昇進した切れ者であった。

岡平は隣に立つ壮年の男二人を示して、

「こちらは玉川署の刑事課長と捜一係長だ。この場は実質、おれと刑事課長で仕切ることになる。合田さんから話は通ってるか？」

と問うた。高比良はかぶりを振った。

「いえ、まったく」

「では係長から説明してもらえ。おれたちは署長と話してくる」

言うが早いか、刑事課長を連れてさっさと立ち去ってしまう。相変わらずだな、と高比良は苦笑を押しころし、係長へ顔を戻した。

「捜査一課強行犯係の高比良巡査部長です」

「三浦巡査長です。よろしくお願いいたします」

二人揃って頭を下げる。岡平とは対照的に小太りで温厚そうな捜一係長は、額の汗をつるりと拭った。

「こちらこそよろしく。で、話はほんとうに通ってないんですか？　ゼロ？」

警部補である係長のほうが、むろん階級は上だ。しかし高比良は警視庁の捜査員なのでそれなりの敬語で応対してもらえる。

「ゼロに等しいです。九歳の男児が誘拐された、としか聞いていません」

「なるほど。じゃあやはり、一から話さにゃならんようだ。前線本部に向かう道中で説明しましょう」

一般児童の誘拐事件において、前線本部とは、九割がた被害者宅を指す。

家族担当は特殊班の役目では――？　と高比良は訝った。しかしよけいなことは言わず、ひとまずうなずいておく。

「目立つわけにいかんから、徒歩ですよ。まあ署から尾山台まで二十分強ってとこだ。ひととおり説明するにはちょうどいい」

係長はいま一度額を撫で、「行きましょう」と二人をうながした。

＊　＊

通信指令センターがその電話を受けたのは、午後二時三十六分のことだったという。

「う、うちの子が、息子が」

うわずった女性の声であった。

「うちの子が、さらわれ――……」

ぶつりと切れた。

自分で切ったのか、横にいた誰かに無理やり切られたかは判然としない。担当の警察官はマニュアルどおり、確認の折りかえし電話をかけた。

固定電話からの一一〇番通報だった。

回線契約者の住所は、世田谷区尾山台四丁目九番二十二号。

担当官はコール音を十回数えた。しかし応答はなかった。さらに長々とコールを鳴らしたが、やはり家人が出る気配はなかった。

いたずら電話の可能性は、むろんあった。しかし成人女性の声であったこと、固定電話からだったこと、通知の住所が高級住宅街であること等を踏まえ、担当官は上司に報告した上で尾山台駅前交番に一報を入れた。

「四丁目九番二十二号の、小諸成太郎(せいたろう)宅まで様子を見にいってほしい」

無線を受けた巡査が小諸邸に着いたのは、約十分後である。

チャイムを押したが返事はなかった。さらに数回押すと、

「はい」

と、ようやくインターフォン越しに声が応えた。短い返答ながら、あきらかな鼻声だ。ついさっきまで泣いていた女性の声だ、と巡査は察した。

「駅前交番から来ました。ちょっとお話いいですか」

「いえ、あの」

女性の声がさらに揺れた。

「いま、あのう、取りこんでおりまして」

「でもさきほど一一〇番通報されましたよね？　大丈夫ですか？」

「あ、あれは、間違いです」

女性の声音が跳ねあがった。悲鳴じみたトーンだった。

「間違い電話でした。ほ、ほんとに、なんでもなかったんです。すみませんでした、お手間を取らせました。ですから、あの、帰ってください」

その語尾に、かん高い音が重なった。

電話の着信音だ。室内で鳴っているらしい。女性が息を呑むのがわかった。

「小諸さん」

巡査はインターフォン越しに呼びかけた。

着信音がつづいている。

女性が立ちすくみ、凍りついているのがわかった。空気がまざまざと伝わってきた。

巡連簿によれば、この小諸家は世帯主の成太郎、妻の史緒(しお)、長男の在登(あると)の三人暮らしである。在登は小学三年生。きっと可愛いさかりだろう。

――そう、可愛い男児、だ。

残念ながらその事実は、いまの巡査には特別に響いた。いや尾山台駅前交番と、尾山台駐在所に配属された全警察官にとって、である。

「小諸さん、小諸さん」

巡査は呼びかけつづけた。着信音が、ようやく途切れた。

「小諸さん、お子さんはどうなさったんです。小諸さん」

「帰って！」

悲痛な声が響いた。

「言えないんです。か、帰って」

「なにかあったんですね？　それだけでも教えてください。一言でいいです」

「わたしの――、わたしの一存では、答えられません」

インターフォンが切られた。

その後はチャイムを何度押しても、返答はなかった。しかたなく巡査は無線連絡を入れ、交番所長の指示を仰いだ。

交番所長の要請により、玉川署の捜査員二名が小諸邸にやって来たのが、午後三時三十八分のことだ。

この時点で、最初の通報から一時間以上タイムロスしたことになる。

その後も約二十分近く「帰ってください」「小諸さん、お話だけでも」の押し問答が、インターフォンを通してつづいた。

ようやく観念して史緒が玄関扉を開けたとき、時刻は四時をまわっていた。

「すみませんでした」

かすれた声で、彼女は認めた。

「じ、じつは、うちの子が、誘拐されたみたいなんです……」

と。

まだ三十三歳だという史緒は、瀟洒（しょうしゃ）な邸宅に見合った美しい女性だった。子どもを産んだとは思えぬほっそりとした体形は、雑誌のモデルと言っても通るだろう。根もとまで栗いろに染まった髪。フェミニンなシルエットを描くVネックのニット。白いデコルテには、一粒真珠のネックレスが光っていた。

しかしその顔は、冷や汗でびっしょりだった。

湿った前髪が額に貼りついている。ニットの両腋（りょうわき）は汗で変色していた。ファウンデーションが毛穴落ちし、頬が妙にたるんで見えた。

史緒によれば、一人息子の在登を最後に見たのは午後二時前後だという。

土曜なので学校は休みだ。しかし英会話スクールの予約があった。

「スクールは、渋谷にあるんです。尾山台駅までわたしが車で送っていく決まりで……。そこからは電車です」

リヴィングのソファで、彼女は訥々と語った。

「夫が『特別な日でもない限り、親が送迎なんて駄目だ。自立心が育たない』と言うものですから……。学校も、そうです。文京区まで電車通学なんです。わたしは『世の中にはおかしな人もいるんだから、せめて高学年までは車で送迎させて』と、何度も夫に頼んだのに……」

史緒は唇を噛んだ。捜査員が尋ねる。

「犯人から連絡があったのはいつです？　電話でしたか？」

「そうです。ええと、二時半くらい？　いえ、もうちょっと前かも」

「失礼」

史緒に目礼して、捜査員は固定電話の子機を持ちあげた。着信履歴を確認する。二時十九分と二時二十五分に、公衆電話からの履歴があった。

「犯人からの電話は、この二時十九分と二十五分の二回で間違いないですか？」

「え、あ」

史緒は目を泳がせた。

「そ、そうだと思います。たぶん。……でも、あの、よく覚えてなくて」

「落ちついてください。小諸さん」

捜査員は彼女をなだめた。

「百パーセント正確じゃなくていいんです。こんなとき、冷静にすべてを覚えていられる人間はいません。われわれはあなたを責めるために来たんじゃない。わかりますね？　では、深呼吸してください。大丈夫ですから」

「は、はい」

史緒に三度深呼吸させ、捜査員はつづきをうながした。

一度目の電話は短かった、と史緒は語った。

――おまえの息子を預かった。

そういきなり告げられ、

「は？」と史緒は訊きかえしたという。

公衆電話からだったので、てっきり義母と思って取ったのだ。義母は、習い事の帰りなどに公民館のピンク電話を使うことがよくあった。しかし、似ても似つかぬ奇妙な声であった。

そう、まるでボイスチェンジャーを通したような――。

異質な声は、いま一度繰りかえした。

――おまえの息子を預かった。

まったく同じ台詞だった。史緒は首をかしげた。

「息子って……。うちの子なら、さっき駅まで送ったばかりですが?」

相手はしかし史緒の言葉を無視して、

――玄関を見てみろ。

そう言って通話を切った。

たちの悪いいたずらだ。忌々しく思いながらも、史緒は一応玄関に向かった。ドアガードは掛けたままで、細く扉をひらいてみる。

途端、彼女は目を見張った。

御影石のポーチに、男児用のスニーカーが片方だけ置いてあった。

ナイキのジョーダンブランドだ。白地にブルーのライン。靴紐も同色のブルー。目に馴染んだ色あいだった。

史緒はドアガードをはずした。

スニーカーを拾いあげたときは、手が震えた。

サイズは二十二・五センチ。中敷きに名札シールが貼ってある。記名は〝小諸アルト〟。

間違いなく史緒自身が買ったスニーカーであり、史緒自身が書き入れて貼ったシールであった。

「……そのあとのことは、よ、よく覚えてません」

捜査員に向かって、史緒はかぶりを振った。

「ただ、あの、もう一回電話がかかってきて。『いくら用意できる？』って、そんなようなことを訊かれました。わたしは在登が無事かどうか知りたくて、尋ねたんですが、向こうは、おまえが警察に連絡したら、ぶ」

彼女はそこで声を詰まらせた。

「ぶ、無事じゃなくなる、みたいなことを……。それで、『また電話する』と言われ、電話が切れました」

「では身代金について、具体的な金額の提示はまだなんですね？」

「まだ、だと思います。いえ、まだです」

「そのあと、あなたは一一〇番通報されたんですね」

「わかりません」

史緒の目から涙が溢れた。

「お、覚えてないんです。すみません。ごめんなさい。……け、警察に報せるなと言われたのに、わたし、おかしくなって……」

「いいんですよ。小諸さんは正しいことをしました。通報してくださって正解です」

捜査員は彼女をなだめ、

「旦那さんは、いまどちらに？　連絡は付く状態ですか？」と訊いた。

「いま、夫はバンコクです」

「バンコク？　タイの？」

「ええ。何度もかけましたが、電源を切っているようでした。でも仕事中は、いつもそうなんです。電源が入っていたとしても、日中は留守電に繋がるだけで……」

夫の成太郎は、世田谷区太子堂に建つ『こもろ総合法律事務所』の所長だという。いわゆるボス弁だ。年齢は、史緒より九歳上である。

バンコクへは、顧客との打ち合わせのため先月から飛んでいた。どう考えても、夫の不在を狙っての犯行であった。

捜査員はその時点で、係長へ電話で報告を入れた。

話は係長から刑事課長へ、さらに署長へ話が通った。誘拐事件となれば、ただちに指揮本部を立て、第一特殊犯捜査から一班投入せねばならない。

ざっと整理され、共有された被害者の情報は以下だ。

小諸在登、満九歳。

身長百三十二センチ。体重三十一・五キロ。RHプラスのA型。私立聖エレミヤ学園初等部三年生。

父の成太郎は四十二歳、東京弁護士会所属。

母の史緒は三十三歳、専業主婦。

誘拐されたときの在登の服装は、グレイのフード付きジャケット。白のシャツ。黒のストレッチパンツ。白地に青ラインの入った、青い靴紐のスニーカー。ただしスニーカーの片方は、被害者宅の玄関で発見済みである。

英会話スクールに問い合わせたところ、「今日は来ていない」との返答だった。

持たせていたキッズスマホは、何度かけても応答がないという。電源を切っているらしく、GPSもたどれない状態であった。

＊　＊

「弁護士の小諸成太郎……？」

係長の説明に、高比良は首をかしげた。確かに聞き覚えのある名だ。しかし、どこで聞いたか思いだせない。

その様子に、係長が苦笑した。

「こう言っちゃなんだが、おれたち警察には『美名より悪名が高い』って感じの先生ですわ。ほら、二年前の『大学生居酒屋準強姦事件』ですよ。それから五年前の、『多摩幼女殺害事件』」

「ああ、はい」

顔をしかめたのは三浦のほうだった。

「あのときの弁護士ですか」

「そういうこと。男女間のトラブル、とりわけ性犯罪の弁護に強い先生でね。こいつも大声じゃ言えんが、まあ、数えきれんほど多方面から恨みを買ってる御仁(ごじん)ですよ。しかも犯人の目的がまだわからんとなれば、割り出し班員はいくら揃えたって足りないくらいです」

「なるほど」

高比良はうなずいた。

「それでぼくたちが応援に呼ばれたわけですね。とはいえ小諸先生に泣かされた女性は、一人や二人じゃないはずだ。そう簡単には……」

いかないでしょう、と言いかける高比良を、

「いや」

係長がさえぎった。

「女性とは限りませんよ」

彼女たちの、遺族かもしれない――。

その言葉に、高比良の背がすうっと冷えた。被害者の家族でなく、遺族。問いかえすまでもなく意味は理解できた。

「ところで」

咳払いし、高比良は話を変えた。

「――なぜ〝可愛い男児〟に過敏なんです？」

「え？」

怪訝そうに振りかえる係長に、彼はつづけた。

「さっきおっしゃったじゃないですか。尾山台駅前交番と駐在所において、〝可愛い男児〟の被害者は特別な意味を持つと。どういう意味なんです？」

「ああ、あれね」

係長が街路樹を見上げた。

「そいつもまた、いやな話なんですよ。夏休み明けあたりから、男児への声かけ事案や拉致未遂が管内で頻発（ひんぱつ）していまして」

「頻発、ですか」

それは穏やかでない。高比良の眉間（みけん）にも、気が付けば皺（しわ）が寄っていた。

係長は己のスマートフォンを確認して、

「今月だけでも、ええと、三件です。二日にショッピングモールで、六歳の男児がトイレに連れこまれそうになった報告。五日には七歳の男児が、路上で知らない男に下半身を露出された被害。八日には下校途中の九歳の男児が、車に無理やり乗せられそうになるという事件が起きています」

「そして、今日が四件目ですか」と三浦。

「もし同一犯ならね。とはいえ今日の誘拐事件は、まだ犯人の目的がはっきりしていませんので」

「ですね。あらゆる可能性を考えないと……」

高比良は歯切れ悪く答えた。

性犯罪目的で誘拐しながら、犯人が家族にコンタクトを取った例としては、『奈良小一女児殺害事件』『群馬女子高生誘拐殺人事件』などがある。

どちらも強姦目的で被害者をさらい、殺害したのちに遺族へ連絡した事件だった。前者は遺族に、『次は妹だ』とメールを送りつけた。後者は、ぬけぬけと身代金を要求してきた。

——今回の誘拐は怨恨(えんこん)か、金目当てか、それとも性犯罪か。

いまのところ、どれであってもおかしくなかった。

「見てください」

高比良の眼前に、係長がスマートフォンを突きだした。

液晶に表示されているのは、くりっとした二重まぶたの美少年だった。

「マル害の在登くんですよ。見てのとおり、母親似の可愛い子です。父親の主義信条はどうあれ、この子に罪はありませんや。……一刻も早く、無事に親もとへ帰してやらなきゃあ」

係長のため息は、なんとも重苦しかった。

3

＊十一月十八日（土）　午後五時二十七分

小諸邸はクリームいろの立方体を積み重ねたような、いま流行りのモダン建築であった。

敷地が広いため、門扉(もんぴ)から玄関までが遠い。自然石を張ったアプローチが、ゆるいS字を描いてポーチまでつづいている。

庭はなく、緑といえば玄関扉の横に置かれたドラセナの鉢だけだ。高級セダンが三台は駐められそうな車庫は、いまはシャッターを堅く閉ざしていた。

玉川署の捜一係長がインターフォンを押す。

モニタを確認する気配ののち、細く玄関扉がひらいた。肩幅の広い、目つきの悪い男が顔を覗かせる。ドアガードは掛けたままだ。

「お疲れさん」

「係長こそ、お疲れさまです」

男は係長に会釈したのち、高比良たちをじろりと値踏みした。衿の赤バッジを視認してから、ようやく扉を開けはなつ。

沓脱は黒の革靴で埋まっていた。特殊班員の靴だろう。どれもよれた安物で、瀟洒なインテリアに不釣り合いだった。

前線本部は、リヴィングダイニングに設営されていた。

二十四帖はあるだろう広々とした洋室に、革張りのソファセット、白木のダイニングテーブル、テレビ、観葉植物などが置かれている。

普段はモデルルーム顔負けに整った部屋のはずだ。しかし今はスーツ姿のいかつい男たちと各種機材に占拠され、カーテンは隙間なく閉ざされていた。

「おう、合田班か？　すまんな」

声の方向に高比良は目を向けた。

ダイニングテーブルの上座に着いた男が、彼らに右手を上げている。

「特二の富安(とみやす)だ。よろしく頼む」

刑事部第一特殊犯捜査第二係、略して特二。

第一特殊犯捜査の中でも、人質がいる誘拐や、立てこもりなどの事件を担当するのが第一係と第二係である。富安は後者の班長で、階級は警部だ。

「こちらこそお願いします。合田班の高比良と三浦です」

高比良は、富安のすぐ横に立った。

「端緒(たんちょ)のおおよそは、玉川署の捜一係長からうかがいました。ぼくたちは割り出し班として動けばいいでしょうか？」

「いまの予定ではな」

誘拐事件のマニュアルはほぼ決まっている。

班編成は、まずこの前線本部に詰めっぱなしの家族担当対策班。次に犯人の割り出し班、追跡捕捉班、逆探知班などだ。指揮本部と連携を取りつつ、犯人との交渉ならびに捜査を進めていく。

ただし第一特殊犯捜査員は精鋭ゆえ、人数は限られている。そのため捕捉班要員などが足りない場合は、その都度かき集めてまかなう。たいていは所轄署から動員させるが、事件の性質によっては、捜査一課の他班から捜査員を呼び寄せる。

——それがいま、というわけだ。

「あちらが母親ですか？」

高比良は、ソファのほうを目で指した。見るからに憔悴した女性が、革張りの背もたれに身を沈めるようにして捜査員と話している。

——どう見ても、母親の小諸史緒だろう。

疲労で目の下が黒ずみ、やつれているが、それでも十二分に美しい女性だった。三十三歳らしいが、髪のつやとスタイルのよさで二十代なかばに見える。膝に置いた両手で、ひっきりなしにハンドタオルを揉みしぼっている。

「わかりません……。お金のことは、夫に任せていますので……」

「普通預金は、たぶん三千万ほどしか」

「あとは外貨預金とか、ドル建ての終身保険とか……。でもほんとうに、夫にほぼ任せっきりですので……」

途切れ途切れに声が聞こえてくる。身代金を要求されたときのため、早急に用意できる額を調べているのだろう。

高比良は富安に視線を戻した。

「父親は、バンコクにいるそうですね」

「ああ。時差は二時間ってとこだから、起きちゃあいるはずだ。だが奥さんの話じゃ、電話は日ごろから滅多に通じんらしい。『向こうからかかってくるのを、待つしかありません』だとさ」

「弁護士の、小諸成太郎氏だとお聞きしました」

「そのとおりだ」

富安の目がにぶく光った。

さきほどの捜一係長の言葉が、高比良の鼓膜によみがえる。

――二年前の『大学生居酒屋準強姦事件』ですよ。それから五年前の、『多摩幼女殺害事件』。

「これは、あくまで仮定の話ですが」

高比良は声をひそめた。

「もし父親がらみの怨恨が動機ならば、容疑者候補はおおよそ何人になるでしょう？」

「ざっと思いつくだけでも、三十人は下らん」

無造作に富安は答えた。

「理由はわかるな？」

「はい」

高比良は、三浦と声を揃えた。

『大学生居酒屋準強姦事件』は、ネットで騒がれたせいもあって記憶に新しい。男子学生七人で女子学生一人を酩酊させ、居酒屋の個室で集団暴行した事件である。

だがネットで〝炎上〟した理由は、暴行犯の全員が某有名私大の学生だったことや、店員を買収して輪姦場所を確保した等の計画性だけではなかった。

主犯の大学生は、四度目の逮捕だったのである。

しかも、わずか二年半のうちに四度だ。すべて同様の性犯罪であり、過去三度とも示談が成立して不起訴処分になっていた。

――そして四度目も結局、不起訴と決まった。

高比良は舌打ちをこらえた。

その示談を四度とも取りつけたのが、小諸成太郎だ。

「居酒屋の事件もですが、自分は多摩の事件が、とくに腹にすえかねましたよ」

三浦が抑揚なく言う。

「そうですか。……あれからもう、五年も経ちましたか」

「そのようだ」

富安がうなずいた。

『多摩幼女殺害事件』もまた、小諸弁護士がらみの事件である。

犯人である三十六歳の男は、ショッピングセンターのトイレに入っていく七歳の女児を尾行して襲い、「騒がれたから」という理由で絞殺した。

遺体はスーツケースに詰めて自宅に運びこみ、浴室で三度凌辱（りょうじょく）した。さらに「口淫するために、歯が邪魔だった」と、遺体の前歯九本を浴槽のへりで叩き折った。

彼は己の凌辱行為および死体損壊行為を、すべて動画に撮った。その後は動画の一部をSNSにアップし、

「つづきが観たきゃ、金払え」

などと視聴者相手に挑発を繰りかえした。

逮捕されたのは、四日後のことだ。市民の善意の通報により、インターネット・ホットラインセンター経由で開示請求がなされたのである。

警官隊が踏みこんだとき、被害者の遺体はまだ、風呂場のタイルに放置されたままだった。

犯人はこの犯行までに、女児相手の性犯罪で三回逮捕されていた。しかしながら前述の男子大学生と同じく、毎回示談で終わっていた。三回とも、弁護士は小諸成太郎である。そして『多摩幼女殺害事件』において検察側の無期懲役の求刑をしりぞけ、懲役十八年の判決を勝ちとったのも、やはり小諸弁護士であった。

——三十六歳の犯人が十八年の刑期を終え、出所してもまだ五十代。

高比良は口中で唸った。

性犯罪者としては、五十代はゆうゆう〝現役〟の年齢層である。模範囚ならば、もっと早く出ることもあり得る。

もしこの犯人が一回目の逮捕で服役していたならば、その後の被害はなかった。女児がトイレで殺されることもなく、いまごろは無事に小学校に通っていたはずだ。

——ぱっと思いだせる有名な事件だけで、これだ。

高比良は三浦を見やった。まともに目が合う。

三浦も同じ思いでいるのが、手に取るようにわかった。

——その小諸弁護士の息子が、誘拐された。

民事も合わせたなら、どれほどの容疑者総数になるか予想もつかない。気づけば、二の腕がわずかに粟立っていた。

富安がふーっと息を吐き、

「というわけで、ぶっちゃけ人手はいくらでもほしい」

ささやくように低く言う。

「ひとまず『こもろ総合法律事務所』から、ここ二年の案件リストは入手できた。とはいえ恨みと憎しみが何年越しで爆発するかなんて、本人にさえわかりゃしねえからな。さらに過去の事件は、いまリストアップさせている最中だ。膨大な数だとわかっちゃいるが、取りこぼすわけにいかん」

言いきった富安の語尾に、やや遠くから史緒の声が重なった。

「義母なら、五千万円くらいはすぐに……」

言いかけて、彼女がはっと息を呑む。

「あ、いえ。すみません。いまのは聞かなかったことに。義母には、どうか報せないでください。お願いします」

哀願にも似た言葉がつづく。

「……近隣の証言によれば、小諸家の嫁姑仲はこじれまくってる」

富安がささやいた。

「交番の記録によれば、二年前までは在登くんの父方祖母もこの家に同居だった。しかしいまや舅は亡くなり、姑は目と鼻のさきのマンションで独居中だ。姑が出ていく際には、そうとう揉めたらしい。『アルちゃんは渡さない。わたしとアルちゃんの二人で暮らす』と喚きちらす祖母を、何人もの近隣住民が目撃している」

「やらかしかねない人物ですか？　孫をさらって隠すような、エキセントリックな祖母なんですか」

三浦が訊いた。富安が額を掻いて、

「ちょっとした難物ではある。だが、マル被候補ってほどじゃあねえな。それに祖母の犯行なら、脅迫電話はかけてこんだろう」

リヴィングのドアが開いた。

入ってきたのは、私服の女性警官二人であった。それぞれコンビニの大きな袋を提げている。

「玉川署の生安課から借りた女警だ。むさ苦しい野郎ばかりじゃ、奥さんの息が詰まっちまうからな」

小声で富安が説明する。買い出しもついでに頼んだらしく、コンビニの袋には缶コーヒー、スポーツドリンク、惣菜パン、おにぎり、ゼリー飲料などが詰まっていた。

富安はさらに声を低めて、

「合田のほうはどうだ」

と訊いた。高比良が答える。

「あくまで予想ですが、一、二時間で解放されると思います。そうなれば、こちらにもっと人員を割けるかと」

「そうか」

富安はうなずいた。

「こんな言いかたはあれだが、合田はとばっちりと言っていいしな。もともと特捜本部(トクソウ)に出張ったのは第五係だし、捜査主任官だって……」

言いかけた声が、途中で消えた。

室内の空気をかん高い音が裂いたからだ。固定電話のベルであった。

富安の頬に、さっと緊張が走った。

4

＊四月十四日（金）　午後二時十五分

カフェの扉がひらく。目当ての人物が入ってきたのを見てとって、浦杉架乃は腰を浮かせた。

「高比良さん、こっちです」

右手を上げた。

架乃に気づいた高比良が、頬をふっと緩める。ウエイトレスに「連れです」とことわって、架乃のテーブルに大股で歩み寄ってくる。

「おひさしぶりです、高比良さん」

架乃は立ちあがり、折り目正しく頭を下げた。

「今日はわざわざお時間を割いてくださって、ありがとうございます」

「いやあ」高比良が苦笑して、

「見違えたよ。なんというか……大人っぽくなったね」

奥歯にものの挟まったような誉めかたをして、向かいに腰を下ろす。

架乃は思わず噴きだした。

「正直に言ってくれていいですよ。『ヤバい女になった』と思ったでしょう」

架乃は現在、大学二年生である。千代田区に建つ応徳学院大学の、法学部法律学科総合法コースに在籍している。

高比良と最後に会ったとき、架乃は真面目な女子高校生だった。だがこの二年間でかなり変わった。どこがと問われれば「見た目が」だ。

ストレートのセミロングだった髪は金に脱色した。しかも右側はボブカット、左側はツーブロックというアシンメトリースタイルだ。

メイクは濃いめのモード系。爪は武器のごとく尖ったスティレットネイル。服は全身真っ黒で、シャツもジャケットもネクタイもメンズで揃えてある。

「コスプレなんですよ、これ」

ジャケットの衿をつまみ、架乃は微笑んだ。

「テーマは〝強い女〟。もしくは〝男受けしない女〟です」

「ははあ」

高比良はあいまいに首肯(しゅこう)して、ウエイトレスに「ホットコーヒー」と注文した。

「いやあ、でも連絡をもらえて嬉しかったよ」

「すみません。ご足労ありがとうございます」

架乃はあらためて頭を下げなおした。

「いきなりご連絡したのに、まさか大学の近くまで来てくださるなんて。メールにお返事くれるだけでよかったのに」

「いやいや、将来有望な女性警察官が増えてくれるなら、こんなありがたいことはない。警視庁を代表してアピールに来たのさ」

――この人は、二年経っても変わらないな。

架乃はほっとした。

物腰の柔らかさも、落ちついた口調も、「そんな用事ならお父さんに訊けば？」などと言わないところも、以前のままだ。

出会いのきっかけは――あの事件は最悪だった。しかし彼と知りあえたことは僥倖だった。父とも母とも違い、年上の友人に近い感覚で相談できる相手であった。

――父に相談できないわけじゃ、ないけれど。

でも警察云々の話は、父とはしたくなかった。

進路の話題は出せても、「警察」の単語は出したくない。あの事件についてもそうだ。一度もまだ、父娘でちゃんと話し合えていなかった。

――でも、しかたない。

そう架乃は思う。なぜって、お互い癒えていないのだ。

「……そろそろゼミをどうするか、考えなくちゃいけない時期なんです」

ソイラテにシロップを足し、架乃は高比良に言った。

『秋までに決めればいい』って余裕で構えてる子も多いけど、実際は半年なんてあっという間じゃないですか。法曹コースにもし移るなら、ゼミ分け前のいまが最後のチャンスで……。警察官も希望進路のひとつですから、採用試験と警察学校について、ぜひ経験者にうかがっておこうかと」

「なるほど」

届いたコーヒーに、高比良が少量のミルクを注ぐ。

「とはいえぼくが採用試験を受けたのは大昔なんで、いまの子の参考になるかあやしいな。女性か男性か、高卒か大卒かでもだいぶ違うし」

「やっぱり男女差はありますか」

「さっきも言ったように、ぼくが知ってる情報は大昔だからね。いまはかなり改善されていると思う。とはいえ警察が圧倒的男性社会であり、柔剣道などの体術その他でも男並みの体力とスキルを求められ、大変なのは変わりない」

「ですよね……」

架乃は窓の外を見やって、

「法学部に入ったはいいけど、法律を学べば学ぶほど、どの道に進むべきかわからなくなっちゃって」

思わず遠い目になった。

「ゼミ選び以前に、自分がなにをどうしたいか、を見失いつつある感じです。世の悪人に、正当な裁きを受けさせたい——。その根幹は変わっていません。でも悪人を逮捕したいのか、裁きたいのか、それとも悪人から弱者を守りたいのか。判例を多く知るほどに、考えがごっちゃになっていくというか」

「わかるよ」

高比良がうなずいた。

「ぼくだって何度『検察官になりゃよかった』『いや、やっぱり逮捕できる権限がある警察官（サツカン）で正解だった』と揺れたか、わかりゃしない。ぎりぎりまで考えて、ぎりぎりまで迷えばいいよ。選択肢があるのは素晴らしいことだ」

「そう言ってもらえると——」

架乃が言いかけたとき、LINEの着信音が鳴った。

テーブルに置いた架乃のスマートフォンである。「すみません」とことわってから、LINEアプリを確認した。

「なあんだ。……すみません。休講の連絡じゃなく新歓（しんかん）コンパの誘いでした。もう、今月はこんなのばっかり」

「ああ、そういえば四月だもんな。新歓の季節か」

高比良が笑った。

「近ごろは休講や出欠、イベントのお報せも全部ＳＮＳか専用アプリなんだろ？　やっぱりぼくたちの頃とは時代が違う」

「自然災害なんかの緊急連絡網も兼ねてるから、登録しないわけにいかないんです。飲み会の報せだけブロックできる機能、とかあればいいのに」

架乃はテーブルにスマートフォンを伏せた。

ソイラテで舌を湿し、テーブルに身をのりだす。

「それでですね、高比良さん。警察学校の初任科は大卒なら六箇月だそうですが、具体的なことをお聞きしたく――……」

5

＊四月十四日（金）　午後七時十八分
架乃にとっては、はじめて来る居酒屋だった。

二十人用の座敷は全体に薄汚れていた。掘りごたつ式の和室だが、畳はけば立って、テーブルに触れると指がべとついた。煙草のヤニで黄ばんだ障子紙も、ひと昔前に流行った書道家もどきの額も、なにもかもが貧乏くさい。

「なんでいつもの店じゃないの？」

「新歓の季節だもん。あそこは予約取れなかったんでしょ」

「手際わっるう。やっぱ先代の卒業、痛かったねー」

大声で愚痴(ぐち)る三年生に、幹事の頬が目に見えて引き攣(つ)る。新部長が作り笑顔のまま、慌ててグラスを掲げた。

「グラス行きわたった？　大丈夫？　えーと、じゃあ今日は無礼講ってことで。新入生の子もいっぱい飲んでね、はい、かんぱーい！」

「乾杯」

「かんぱーい」

応えた声は、やはりまばらだった。

――ほんと先代部長が卒業して、雰囲気変わったなあ。

架乃は無言で中ジョッキを上げ、ぐっと呷(あお)った。

まずサークル全体の活気が失せた。次に、まとまりがなくなった。空気がたるんで、倦怠(けんたい)

感すら漂っている。この調子では法律の学習研究どころか、夏にはただの飲みサーに堕していそうだ。

――まあべつに、サークルにたいした思い入れもないからいいか。

履歴書に書ける程度の活動があって、先輩とコネができて、ときおり法学について学べれば御の字だと思っていた。インカレサークルで、他大との交流があるのも魅力だった。それもすべて、去年までの話である。

――ゼミだけじゃなく、サークルの乗り換えも考えたほうがいいかも。

架乃はグラスを置き、自分の爪を眺めた。

昼間、高比良にもの珍しそうに見られた爪だ。もちろん自前ではない。取りはずしできて、何度でも使用可の形状記憶ネイルチップである。己の爪はといえば、肉が覗くほど短く嚙んでぼろぼろだった。

――あの事件以来、爪を嚙む癖ができた。

「〝強い女コスプレ〟です」と高比良には言った。それもほんとうだ。強い女をスティレットネイルで装いながら、自分の醜い爪を隠せる。一石二鳥というやつだろう。

「浦杉さん、飲んでる？」

隣に座った三年の男子学生が声をかけてきた。

「飲んでますよ、ほら」

中ジョッキを掲げてみせる。男子学生が首をかしげた。

「あれ、そういや浦杉さんって二十歳過ぎてたっけ？」

「そこはいまさらいいじゃないですか。新部長も言ってたでしょ、無礼講無礼講」

「あはは、そうだね」

あらためて「乾杯」とグラスをぶつけてくる男子学生に、架乃はごく薄い笑みを返した。

アルコールの味を覚えたのは、いわゆる〝宅飲み〟でだ。

架乃は学生寮ではなくアパート住まいだが、寮生の友人の部屋に入りびたるうちに「泊まっていきなよ」「いっしょに飲もう」と誘われることが増えた。

甘い缶チューハイからはじめて、度数の低い発泡酒、ビール、ハイボールと嗜好は広がっていった。

――とはいえ全員女子のときしか、参加しないようにしてるけど。

あの事件以来、架乃は性犯罪にいっそう敏感になった。法学部を選んだのもそれが理由だ。

その余波で、恋愛からはすっかり遠ざかっている。

「浦杉さん、メニューどうぞ」

「あ、はい。ありがとうございます」

テーブルには唐揚げ、シーザーサラダ、フライドポテトなど定番の料理がすでに並んでいた。架乃はメニューをめくり、あっさり系の一品料理を探した。

「ええと、たこわさ頼んでいいですか？」

「おっ、チョイスが渋いねえ。さすが浦杉さん」

「なんですそれ。なにが〝さすが〟なんですか」

「だって浦杉さん、普段から『わたしは一味違うのよ。そんじょそこらの女子といっしょにしないで』って空気出してんじゃん。そういう意味の〝さすが〟だよ」

「え？　ああ、あはは……」

架乃は返しの言葉に困った。適当に笑ってごまかし、

「そんなことないですよ。それにたこわさなんて、カロリー低いから女子には人気のおつまみですって」

と、メニューの話に戻そうとした。

しかし男子学生は、さらにぐっと体を寄せてきた。

「おれさあ、そんな浦杉さんが、じつは前から気になってたんだよね」

――うわぁ、ウザ。

内心で架乃は顔をしかめた。まずい流れだ。さりげなく身を引きつつ、架乃は「へえ、そ

うなんですかあ」と無難かつ無意味な返答をした。

「インスタ教えてよ。交換しよう」

「いえ、あの、わたしインスタやってなくて」

これはほんとうだった。例の事件がトラウマで、SNSはLINE以外いっさいやっていない。そのLINEも、外部から友達申請が来ないよう設定を切っている。

男子学生があからさまに眉を曇らせた。

「インスタ駄目なの？　じゃあTwitterは？」

「やってません」

「うっそだぁあ。なんでそんな嘘つくの？」

男子学生が急に語尾を跳ねあげた。

「あのさあ、おれと交換したくないならそう言やいいじゃん。なんで『やってない』なんて嘘つくわけ？　そういうのって失礼だと思わねえ？　おれ、先輩よ？　なに、『交換したくない』って言ったら、おれがキレるとか思っちゃった？」

「いえ、そういうわけでは」

――めんどくさいことになった。最悪。

内心で嘆息し、しかたなく架乃は「すみません」と謝った。

しかしそれが、彼の怒りにさらに油を注いだ。

「なにその心のない『すみません』は？　あのさあ、そこで謝られたら、おれがきみに謝罪を要求したみたいじゃん。浦杉さん、そういうとこだよ。マジそういうとこ。そうやっておれを悪者にして、この場を切り抜けようとしてるっしょ？　違うんだよ。おれは『なんで嘘つくの？』って訊いてるだけ。質問に嘘で返すのって、人間として最低だよ？　しかもサークルの先輩後輩の間柄でさあ。先輩に嘘ついた上、こっちを悪者にしようとするなんて、どういう育ちして――」

「うちも、やってませんけど？」

ななめ後ろからしゃがれた声がした。

架乃は反射的に、声の出どころを見やった。

――あ、この子。

他大学の女子学生だった。

このサークルの飲み会で、過去に一、二度見かけた子だ。架乃よりさらに派手ないでたちなので、目が覚えていた。

ラベンダーいろに染めた髪が、ゆるくカールしながら胸まで垂れている。蛇(パイソン)柄のトップスに、レザー素材のロングタイトスカート。ネイルもお揃いのパイソン柄だが、両の薬指だけは刃物のようなシルヴァーミラーだった。

――コンセプト、わたしと同じだよね？

しかも架乃より〝めちゃくちゃ強そうな女〟だ。

架乃が見とれる間にも、その女子は髪をかき上げ、

「先輩。うちもインスタとかＴｗｉｔｔｅｒやってないっす。なんかおかしいっすか？　なんで嘘だと決めつけんの？　疑うなら、うちのスマホ見ます？」

ぐいと顎（あご）を突きだした。

「べ……、べつに、セガワさんに言ってねえじゃん」

男子学生が言いかえす。

しかし口調に、さっきまでの勢いはなかった。あきらかに毒気を抜かれていた。

セガワと呼ばれた女子学生が、ふふんと笑う。

「育ちがどうこう言いだしたから、てっきりうちに言ってるんかと思った。ていうか先輩、これ大学に報告されたら一発レッドカードじゃね？　法曹コースの学生が、育ちとかなんとか差別発言すんの、ヤバヤバのヤバっすよね」

「あ、う……」

男子学生が目に見えて詰まる。

架乃は唖然と二人のやりとりを見ていた。だが、ようやくはっと気づいた。セガワという子が「行け」と目で合図している。

無言で会釈し、架乃は急いで立ちあがった。

座敷を出て、早足で向かったさきはトイレだった。尿意はまだ感じない。だが気分を仕切りなおすにはちょうどよかった。

――それに、文句なしに〝同性しかいない場所〟だ。

女子マークの付いた扉を背で閉め、ほっと息をつく。古い安居酒屋ではあるが、規模が大きいため、トイレもそれなりに広いのがありがたい。

架乃は一番奥の個室に入りかけ、しかし瞬時に後ずさった。

――あ、ここはまずい。

一目でわかった。

壁が穴だらけだ。向こう側から、錐で開けたようなちいさな穴である。半分がたビスでふさがれてはいたが、残りは空いたままだった。駅の公衆トイレなどで、よく見る光景だ。

子どもの頃は「公共のものを壊すなんて、マナーがなってない人もいるものだ」と思っていた。「酔っぱらって壊したのかな」とも解釈していた。しかしあるとき、

「あれは盗撮用に開けられた穴だ」

「女性の排泄(はいせつ)行為を撮影して、売買するやつがいるんだ」

と知って、身の毛がよだった。

穴のひとつずつに、ねじったペーパーを詰めていく。

架乃は眉をひそめながら個室に入り、トイレットペーパーを一巻(ひとま)きちぎった。

すべて詰め終えてから、あらためて個室の中を見まわした。床に不審なペットボトルが置いてある。トイレットペーパーの積みかたも不自然だった。

ペーパーをいくつかずらすと、予想したものが出てきた。ボールペン、いやペン型の超小型カメラである。

架乃はペーパーをもう一巻き取り、手に巻きつけて、ペットボトルとペン型カメラを回収した。洗面台のそばにあるゴミ箱に、思いきり叩きこむ。

ふたつ目の個室の壁には五、六個しか穴がなかった。ペットボトルもカメラもない。しかし一応、穴はペーパーでふさいでおいた。

三つ目の個室は、いろいろと位置的に難しいのか、穴もカメラもなかった。

架乃は結局、用を足すことなく洗面台で手を洗った。念入りに時間をかけて洗った。手や指だけでなく、指の股や爪の間まできれいにした。

——気持ち悪い。

人の排泄する姿なんて見て、なにが楽しいんだろう。

すくなくとも純粋な性欲ではない、と思う。「あいつのみっともない姿を見てやった」という支配欲、加害欲で興奮する層が、あきらかに一定数いる。

盗撮を迷惑防止条例でしか取り締まれないという現状も、架乃には理解できなかった。これはれっきとした性犯罪だ。なぜ刑事事件として逮捕し、裁けないのだろう。

インターネット犯罪が横行する現代では、なおさらだ。〝デジタルタトゥー〟という言葉ができて久しいのに、ネットに流されたら一生消えないかもしれない盗撮を厳しく取り締まれないのはなぜなのか。

——しょせん、他人事だからだ。

盗撮など、警察のお偉がたや法曹界の幹部にとっては他人事だ。

彼らのようなおじさん、おじいさんが性的に盗撮されることはない。画像や動画をばらまかれることも、それをネタに脅されることもない。

彼らにすれば「警察の手をわずらわすまでもない。女が我慢すれば済むこと」なのだ。痴漢や露出狂と同じく、「女が自衛しろ」で終わらせたい些末事なのである。

その証拠に、警察がつくる〝盗撮への注意喚起のポスター〟は、どれもこれも被害者側の自衛だけをうながしている。

「こんなカメラがあります」

「こんな手口があります」

と報せるだけだ。カメラを見つけたらその後どうしろ、との告知はいっさいない。超小型カメラの販売を規制したり、シリアルナンバーを入れるなどの対策もしない。

——お偉いさんの子どもや孫が被害に遭って、はじめて動くのかもね。

架乃は唇を曲げた。

きっとそうだろう、と思う。彼らの子ども。彼らの孫。彼らの〝所有物〟の安全が脅かされて、はじめて重い腰を上げるに違いない。

こんな現状をどうにかしたい。でも、なにが最善の道かわからない。

大卒のI類警察官になるか、弁護士もしくは検事、裁判官を志して司法試験をめざすか、それとももっとほかの道を探るべきなのか。

——わからなくなってしまった。

鏡の前で睫毛（まつげ）を伏せた。

そのとき、背後で扉が開いた。

入ってきた女性と鏡越しに目が合う。さっきの〝セガワさん〟だった。一番奥の個室に向

あんときが痴漢被害のピークだった」

「わかる。あいつら、制服狙うもんね」

「ロリコンばっかだよ。ふん、糞どもが」

〝セガワさん〟が吐き捨てる。今度は架乃が「あはは」と笑う番だった。

「そういえば、ありがとう」

「え？」

「さっきのあれ。ほら、座敷で先輩がさ」

「ふん」

グロスを塗りなおした唇を、〝セガワさん〟はきゅっと曲げた。

「キモいよね、あいつ」

強い言葉とは裏腹な、さらりとした口調だった。

その瞬間、架乃は「あ、この子と友達になりたい」と思った。

ととのった横顔も、意志の強い眼差しも好ましかった。ポーチから広げたグロスやパウダーが、意外に千円以下のプチプラコスメばかりなのも親しみが持てた。

「浦杉さん、応徳の子？」

「うん。……セガワさん、は？」

「正鵬大。学部はきっと同じだよね。うち瀬川絢っていうの。よろしく」

ポーチをバッグに放りこんで、絢が「じゃあね」ときびすを返す。

その瞬間、架乃はなぜか慌てた。

「あっ」

──行ってしまう。

強い焦燥が胸を走った。気づいたときには、架乃は彼女の背に向かって、「待って」と叫んでいた。

絢が振りかえる。

架乃はスマートフォンを握りしめ、言った。

「あのう、よ……よかったら、ＬＩＮＥ交換しない？」

第二章

1

＊十一月十八日（土）　午後五時三十三分

「一億、用意しろ」

スピーカーから響く誘拐犯の声は、あきらかにボイスチェンジャーを通したものであった。抑揚がなく機械的で、不自然にかん高い。

「で、でも、今日は」

答える史緒の声が震えた。

「今日は、土曜です。銀行はやっていません」

「知るか」史緒の語尾にかぶせ、ぴしゃりと犯人がさえぎる。

富安が出す指示のメモを目で確認しながら、

「三千万円なら、すぐに、なんとか」

と史緒は告げた。

われ知らず、高比良は息をつめていた。特殊班員もスピーカーの前に集まり、声を殺している。スピーカーに繋げた録音機が、かすかに唸って稼働していた。

「話にならねえ」

犯人が鼻で笑う。

「お、お金より、在登は……うちの子は、大丈夫なんですか」

史緒の顔はさながら能面だった。青ざめ、完全に表情を失っていた。

「寒かったり、お腹をすかせたり、していませんか。せめて声を。声だけでも、聞かせてくださ……」

彼女が「ください」と言い終える前に、

「旦那に連絡は付いたか？」

誘拐犯が問うた。

「――娘じゃなくても、安心できねえとわかったか」

抑揚のない声音だった。

富安が息を呑むのがわかった。通話はそこでぶつりと切れた。間を置かず、富安が逆探知班の部下を見やる。

「おい、どうだ？」

通信会社と二、三のやりとりを交わしたのち、部下が答えた。

「やはり公衆電話でした。都内ではなく、神奈川県内のようです」

「神奈川……」

富安の目じりが引き攣った。

誘拐事件において、近県一帯に広域捜査態勢を敷くことは定石だ。初歩中の初歩と言っていい布陣だ。

とはいえ警視庁と神奈川県警といえば、誰もが知る犬猿の仲である。現場の捜査員が咄嗟（とっさ）に「よりによって神奈川」と思うのも、無理からぬことであった。

「加えて、ボイスチェンジャーも高性能だと思われます」

逆探知班がつづけた。

「このぶんでは声紋（せいもん）分析のほうは見込み薄かと。野郎、なかなか手慣れてますよ」

「ふん」

気を取りなおした富安が、顎を撫でる。

「確かに素人（しろうと）離れはしている。だが携帯やスマホを避けて公衆電話を使うのも、ボイスチェンジャーのグレードを上げるのも、フィクションで簡単に得られる知識だ。マルBや半グレの手口と決めつけるにゃ早い。……それに、ケツの言葉が気になる」

富安の視線が部下たちを一巡し、最後に高比良をちらりと睨(ね)めた。

高比良は、無言でうなずきかえした。

――娘じゃなくても、安心できねえとわかったか。

切りぎわに犯人はそう告げた。いかにも含みのある言いぐさだ。金銭以外の目的、しかも子どもがらみの怨恨を匂わせる台詞であった。

富安が己の頬を両手で叩いて、

「よっしゃ。まずは神奈川県警への協力要請だな。さいわい、こういうときのため指揮本部がある。いやな役目は岡平理事官にやっていただこう」

と声を張りあげた。

「録音データは捜査支援分析センター(SSBC)へまわせ。むろん、ただ送るんじゃねえぞ。『超特急だ』とうるさいほど念押ししろ。声紋だけじゃなく、背後の音声分析も込みで超特急だとな。おい、銀行のほうはどうなった？」

「支店長と連絡が付きました」

端の捜査員が右手を上げる。

「よし。小諸成太郎――いや、小諸さんのご主人はどうだ」

史緒を気づかい、富安は急いで言い換えた。

「まだ連絡が付きません。通信会社によれば海外利用アプリを契約しており、かけ放題パックに加入しています。ですが、電源を入れる様子はないままです」

「こっちが五時半だから、バンコクはまだ昼の三時半か。ビジネスタイムの真っただ中ってとこだな」

富安は舌打ちし、高比良に向きなおった。

「おい合田班！　おまえらは予定どおり、割り出し班として鑑取り(かんど)に向かえ。さっきも言ったように、怨恨の線が濃くなった。そのリストにある、主要な関係者から当たっていってくれ」

「了解です」

「頼むぞ。警視庁(おれたち)はこれ以上、子どもがらみの事件で下手は打てん。……マスコミがどうこうじゃあねえ。捜査員全員の、ここんとこの問題だ」

拳でどんと、富安が己の胸を叩く。

「わかってます」

高比良は請(う)けあい、リヴィングの床から立ちあがった。

2

＊十一月十八日（土）　午後五時五十七分

「鑑取りで、おまえと組むのははじめてだな」

銀杏並木の下を歩きつつ、高比良は隣の三浦に笑いかけた。

普段ならば捜査本部が立てば、ペアを組む相手は所轄の刑事課員だ。玉川署を経由しながら、警視庁の捜査一課同士で相棒になるのは妙な気分である。

「おれは高比良さんと組めて嬉しいですよ。それより、犯人像をどう睨みます？」

「うーん、そうだな」

高比良はすこし間を持たせて、

「父親の件を聞くまでは、ぶっちゃけ〝無敵の人〟を想定してたよ」

と言った。

無敵の人。一時期ネットで流行った言葉だ。もはやなにも捨てるもののない人間。人生崖っぷちで、なりふりかまわない人間を指す。世間体や地位、家族などの抑止力を持たぬ者を

「ある意味、向かうところ敵なし」と皮肉った造語である。

「ですよね。誘拐は派手なわりに、けっして成功率の高い犯罪じゃない」

三浦が首肯する。

「子どもを対象とした誘拐なら、なおさらです」

――無敵の人、か。

高比良は口中でつぶやいた。

『雅樹ちゃん誘拐殺人事件』の本山茂久、『吉展ちゃん誘拐殺人事件』の小原保、『仙台幼児誘拐殺人事件』元映画俳優の車興佶。過去の名だたる誘拐事件の犯人は、おしなべて多額の借金を抱え、あとがない状態だった。

『正寿ちゃん誘拐殺人事件』の犯人である黒岩恒雄にいたっては、映画女優たちをさらって強姦することを夢想し、その資金のために幼な子を誘拐したという異常人格者である。

――そんなやつらが、子どもの癇癪やぐずりに耐えられるはずがない。

誘拐された子はみな、十歳未満の男児だった。大人の人質と違って、子どもはじっとしていられない。〝崖っぷち〟で余裕がなかった前述の犯人たちは、人質を持てあました末、「騒がれた」「泣かれた」等の単純な理由で殺害した。

「犯人からの最初の電話が、二時十九分か」

高比良は腕時計を覗いた。

「とうに三時間半が過ぎた。九歳の男の子が三時間以上おとなしくしていられるか、大いにあやしい。危険だな」

「犯人が無敵の人なら、とくにね」

「そうだ。無敵の人なら、だ。……くそ。そう考えると、やはり犯人像を絞りきれんのは痛いな」

本山茂久や小原保タイプの犯人、つまり男の単独犯ならば、犯人も警察もお互い短期決戦となる。誘拐後、二十四時間以内が山だ。

――だが金目当てではなく、単独犯でもないとしたら。

もし怨恨がらみの〝遺族〟ならば、犯人側に女性が含まれる可能性がある。しかも子どもの扱いに慣れ、子守が苦にならぬ年齢と経歴の女性が、だ。だとすれば事件は二十四時間どころか、数日に及ぶことも充分あり得る。

――犯人の動機が恨みならば、被害者家族の苦しみを、すこしでも長引かせようと狙うのでは。

高比良は携帯電話型の警察専用端末を取りだし、データを確認した。

「ひとまず、リストの上位から順に当たるぞ」

この端末は指揮本部とも前線本部とも繫がっており、リストが更新されれば逐一データで送られてくる。

リストの一番手は、すでに話題に出た『多摩幼女殺害事件』であった。

五年前に起こった事件だ。

添えられた被害者家族の現状データに、つい高比良の眉が曇った。

母親はすでに死亡していた。公判中、小諸弁護士の弁論に耐えられず、心臓麻痺を起こしたという。

中学生の姉は、事件のことでいじめられて自殺。生き残った父親は心を病み、会社を辞めて実家で静養中であった。

高比良は画面をスワイプした。

次いであらわれたのも、既知の事件だった。二年前の『大学生居酒屋準強姦事件』である。

こちらも被害者家族の現状はひどいものだった。

被害者は早くに父親を亡くし、事件当時は母と弟との三人暮らしだった。大学へは奨学金で進み、「母に早く楽をさせてあげたい」「そのためには、いい会社に就職しなくちゃ」と口癖のように語っていたという。

彼女のその思いを、加害者たちは利用した。「就活を有利に進めたいならOB訪問しないと」「顔の広いOBを紹介してやる」と居酒屋へ誘いだし、酒にフルニトラゼパムを仕込んで酩酊させた。

その後、意識のない彼女を七人がかりで暴行。加害者の全員が、暴行の一部始終をスマートフォンで撮影した。被害者は男性経験がなく、全治二箇月相当の重傷を下半身に負った。

――そして示談成立から半年後、彼女は自殺した。

高比良は唇を噛んだ。

大学はとうに自主退学していた。加害者たちの仲間にいやがらせされ、とても通える状態ではなかったという。またSNSや匿名掲示板を使って、しつこくセカンドレイプされてもいた。実名や顔写真がばらまかれ、

「自分からほいほい居酒屋に来ておいて」

「合意だったくせに、金目当てで訴えたハニトラ乞食女」

「女さんのレイプビジネスは、一度味をしめたらやめられまへんなー」

等の揶揄が、連日連夜書きこまれた。

なおこれらの書き込みは、被害者の自殺後、どこかから号令でも出たかのようにぴたりと止んだ。六割は、数日のうちにしれっと削除された。

自慢の娘を失った母親は現在、鬱病で入退院を繰りかえしている。

高校生の弟は親戚の家へ引きとられた。姉に似て成績優秀だったが、転校せざるを得ず、また進学できる見込みもないという。

「……その準強姦事件、おれの同期が担当したんです」

三浦がぽつりと言った。

「暴行犯どもは取調官に『なぜあまり接点のない被害者をターゲットにした？』と訊かれ、こう答えたそうです。『お堅い女と、大学内で評判だったから』『噂で処女だと聞いたから』『家が貧乏らしいし、金で黙ると思った』。中には『血が出て面白かった』と言ったやつまでいました。……信じられますか？」

高比良は答えなかった。

信じられるか否か、と問われれば「信じられる」としか言いようがない。いままでの捜査員生活で、人でなしは無数に見てきた。

しかし被害者が仮に経験豊富だったとしても、七人がかりの暴行は想像を絶する。現場は「血が出た」どころの惨状（さんじょう）では済まなかっただろう。

「示談が成立したと知らされた夜、同期は荒れましたよ。被害者の女の子が、自殺したと知った夜もね。らしくもなく、浴びるほど飲んでぶっ倒れました」

「……示談に持ちこんだ、その弁護士が、在登くんの父親か」

高比良は呻いた。

そして『多摩幼女殺害事件』の担当弁護士も、彼だ。公判中に裁判官の再三の注意も無視して、被害者の母親が心臓麻痺を起こすほどの暴言を吐いたという弁護士。

――小諸成太郎。

「ええ」

三浦が静かにうなずく。

陽の落ちた外界は、青に呑みこまれていた。俗に言うブルーモーメントだ。

日没後のほんの短い間だけ見られる、街路樹も建物も人もすべて、海の底のような青に沈む現象である。

美しかった。にもかかわらずお互いから洩れる話の醜さに、その非対称性に、反吐が出そうだった。

「ネットでのセカンドレイプも、同期は把握していました。なんとかできないかと、陰で躍起になって動いていましたよ。だがいかんせん、向こうの数が多すぎた」

三浦が平たい声で言う。

「中心になって煽ったやつらは、せいぜい十五、六人でした。しかしそれに乗っかる有象無象が、何百人、何千人といたんです」

「よくある、捨てアカウントどもか」

「例によってそれです。中には被害者がなにをされたのか、どんな事件だったか、ろくに知りもせず叩く馬鹿までいた。『〝準強姦〟と言うからには、強姦というほどのもんじゃなかったんだろう。女は股ぐらに穴さえ開いていれば、いくらでも男を陥れられる。セックスの快感で一得、その後のゆすりで二得。×××の二毛作だ』という書き込みさえ見ました」

「ひどいな」

高比良はさすがに顔をしかめた。

準強姦とは〝強姦未満〟という意味ではない。アルコールや薬物などで意識を失うか、脅迫などで抵抗できぬ状態になった者を強姦した罪を指す。ある意味、より悪質とも言える。

その程度の、最低限の知識すらない者が「インターネットでの自由な発言権」を振りかざし、被害者を傷つけるのだ。たまったものではなかった。

「ときどき、思うんですよ。悪いのは誰だ――ってね」

青い世界の中、三浦が声を落とす。

「むろん、計画した主犯が一番罪は重いです。実行犯も、全員悪い。でも、ほんとうにそれだけか？　って思っちまうんです」

彼はつづけた。

「そいつらをかばう弁護士。ネット越しの安全圏から被害者を叩くやつら。示談が成立すれば、機械的に不起訴にする検察。逮捕するだけして、その後はなにもしてやれないおれたち。そんな制度と空気を野ばなしにしている社会。いったい、悪いやつは誰だ。真に悪いのは、誰なんだ――とね」

高比良は前方を見据(みす)えていた。前を見ながら、ただ歩きつづけていた。

十一月の冷えた風が頬を叩く。

きっと夜にかけて、ぐっと冷えこむだろう。眼前にそびえるビル群もすべて青に染まり、さながら海底遺跡を見るようだ。

「……データによれば、小諸成太郎はエリートのサラブレッドだな」

専用端末に目を落とし、高比良は言った。

「三代つづく弁護士の家系で、母方祖父も弁護士。妻である史緒さんの実父もまた、東京弁護士会の役員か。政治家並みに、がっちり血脈を固めてやがる」

「しかも成太郎は慶應卒、史緒さんは早稲田卒。在登くんは小等部からエスカレーター式の有名私立……。文句なしですね」

同じく液晶を睨んで、三浦が言う。

「経歴を見る限り、在登くんの両親は政略結婚だった可能性があります。年齢がかなり離れているし、いま三十三歳の史緒さんに九歳の息子がいるってことは――ええと、二十四で産んだのか」

「いまどきにしちゃ早婚だよな。偏差値七十超えの才媛が就職もせず、ほぼ卒業とともに嫁がされたってわけだ」

「ふむ。そう考えると妙ですね」

三浦が高比良を見やって、

「どうします。並行して身内も洗いますか？」と訊いた。

「いや、〝並行して〟とはいくまいよ。あくまで余力があったら、だな」

高比良は言葉に含みを持たせた。そして、

「――なにか見つかった時点で、富安班長にはおれから報告しよう」

と付けくわえた。

3

＊四月二十五日（火）　午前八時十四分

架乃はたいてい、八時十分から二十分の間にベッドから出る。

アラームの設定は七時半だが、近所迷惑を慮(おもんぱか)ってごく弱い音にしているせいで、完全に目覚めるまで時間がかかるのだ。

高校生の頃は、毎朝七時きっかりに起きていた。けれどいまは一人暮らしで、母の目がない。おかげで自分を甘やかし放題である。

起床して、体が真っさきに求めるのはカフェインだ。

耐熱(たいねつ)カップにインスタントコーヒーを山盛り二杯入れ、少量の水で練る。さらに適量の水を足し、レンジで二分加熱すれば朝のコーヒーが出来あがる。砂糖は入れず、牛乳をすこし注ぐ。

冷蔵庫の中はさっぱりしたものだ。牛乳のほかは、マヨネーズ。ケチャップ。わさびと辛子のチューブ。市販のドレッシングが三本。発泡酒の6缶パック。

野菜室は、もやしが二袋入っているきりだった。

その代わり、フリーザーはぎっしり満杯である。カップアイス。冷凍ブルーベリー。棒アイス。冷凍ブロッコリー。挽肉。カップアイス。カップアイス。ミックスベジタブル。豚バラ肉。カップアイス。棒アイス。棒アイス。カップアイス……。

架乃はフリーザーの前にしゃがみ、しばし吟味してから、カップのラムレーズンを選んだ。

クッションを引き寄せる。テーブルにスマートフォンを立てる。有名ＹｏｕＴｕｂｅｒの毒にも薬にもならぬ動画を観ながら、コーヒーとアイスを交互に口にする。

これが架乃の、毎朝のルーティンだった。

朝はコーヒーとアイス。昼は学食。夜は晩酌(ばんしゃく)する日なら、もやしと豚バラ肉を重ね、レンジで酒蒸しにしてポン酢で食べるなどする。飲まない日はアイスで済ませ、レポートを書いて、風呂に入って寝る。

――母が聞いたら、さぞ激怒するだろう〝一人暮らし〟だ。

スプーンを置き、架乃はコーヒーを飲みほした。

「ごちそうさまでした」

誰に言うでもなく掌を合わせ、立ちあがる。

マグカップを洗う。アイスの空き容器を指定のゴミ袋へ放りこんでから、袋の口を縛る。

「今日は、燃えるゴミの日」

カレンダーを見つつ、指さし確認した。そろそろ暖かくなってきた。ゴミ捨てだけは忘れたくない。

次は顔を洗って、歯みがきだ。ついでにメイクも済ませる。どうせマスクするからベースはＢＢクリームのみだが、眉毛は必ず描き、アイメイクもしっかりする。

――〝強い女〟の目にしないとね。

着替えは手早く済ませた。古着屋で八百円で買ったデニムに、これも古着のMA－1ジャケットだ。ミリタリーアイテムは女が着ても、それなりにいかつく見えるから重宝する。小柄だとさまにならないが、さいわい架乃は平均身長よりやや高い。

髪をととのえて戻ると、スマートフォンが瞬いていた。LINEの着信である。父と母から、それぞれ個別に届いていた。

母のメッセージは、

「おはよう。寝坊や遅刻はしないようにね」

一方、父からのメッセージは、

「今日は渋谷の『ティタリ』でカレーはどうだ？　カレーがいやなら、おまえお勧めの店でいい。十一時までに返事をくれ」

架乃は時計を横目に返信を打った。

母へは「大丈夫。いま家を出るとこ」と簡単に。父へは「本格カレー食べたい！　予約お願いします。楽しみ！」とスタンプを添えて送った。

送信し終えて、ふっと息を吐く。

――父とは、うまくいっている。

あの事件以後、意外なほど父娘として馴染めている。

だが母とは、やはり駄目だった。お互い歩み寄ろうと努力しても――いや、努力すればするほど、空まわりしてぎくしゃくした。

「一人暮らししたい」

と架乃が言ったとき、母の目に浮かんだ安堵をいまも覚えている。

父は「家から通えるじゃないか」と反対した。しかしセキュリティのしっかりした、女性専用アパートを借りることで折り合いを付けた。父とて、母と架乃の間に流れる微妙な空気は知っていたからだ。

――母を、嫌いなわけじゃない。

母のほうだって同じだ。わかっている。母はわたしを嫌って、憎んでいるわけじゃない。現に〝あの事件〟からわたしが生還したときは、泣いて喜んだ。それなりに大事に思ってくれてはいる。

――母はただ、疑問を抑えきれないだけだ。

なぜこの子は生きて帰ったの？　同じ目に遭ったのになぜ？　どうしてわたしの善弥（よしや）は無事に戻ってこなかったの――？　という疑問を。

いま、両親はいっしょに住んでいる。

母は知人の伝手で派遣会社に登録し、事務員として働きはじめた。警察を辞めた父は、自動車教習所で教官をしている。

あのマンションで、夫婦寄り添って生きているのだ。いまだ薄れぬ、善弥の思い出とともに。

架乃はドライヤーに手を伸ばした。

ネイルチップにそっと温風を当てる。この形状記憶ネイルは熱で柔らかくなり、冷えると硬くなる。

柔らかいうちに自爪に沿ってカーブさせ、接着剤で固定する。破損しない限りは、何度でも繰りかえし使える優れものだ。

爪が仕上がれば、あとはマスクである。まず不織布マスクを着け、その上に豹柄の布マスクを重ねる。靴は編み上げのごついワークブーツを選んだ。

靴箱の横に立てかけた姿見で、最終チェックをした。

——うん。ＯＫ。

内心でうなずく。今日もうまく〝コスプレ〟ができている。

内階段を降り、エントランスを抜けて外へ出た。

今年の桜は遅めの開花だったが、それでもとっくに散ってしまった。盛りの頃は薄紅の雲さながらだった桜並木は、いまは新緑に染まっている。

「おはようございます」

「ああ浦杉さん。おはようございます」

外壁を拭いていた〝大家さん〟が、振りかえって会釈した。

女性専用アパートゆえ、一〇一号室に住む大家もむろん女——初老の女性だ。

「いつもの、ですか？」

架乃が壁を指す。大家は眉を下げた。

「ええ。でも安心して。中まで入ってくることはあり得ないから」

このアパートの壁は、三、四箇月に一度のペースで落書きされる。決まって北側の壁だ。そこが防犯カメラの死角だからである。

オートロック、モニタ付きインターフォン、防犯カメラを備えたアパートではあるが、立地的な死角だけはどうしようもない。

落書きは、ごく単純なものだった。卑猥（ひわい）な言葉、もしくは卑猥な絵。

女性しか住んでいないと知るからこその、幼稚ないやがらせであった。暴力的なポルノが撒かれることすらあった。

「おまわりさんにも巡回を増やしてもらってるしね。心配しないで」

「ありがとうございます」

大家の言葉に、架乃は素直にうなずいた。

そう、大家さんは頑張ってくれている。「巡回を増やす？　その程度でなんになるの」などと、彼女に文句を言ったってはじまらない。

そのとき、背後で突然声がした。

「おはようございまあす！」

架乃はびくりとし、反射的に振りかえった。

小学生だった。水色のランドセルを揺らして駆け去っていく。デニムスカートから伸びた細い足が、みるみる遠ざかる。

「あの子ったら、いつもぎりぎりに登校するのよね」

大家が苦笑した。

「それにしても、挨拶していくなんて珍しいこと」

「わたしがいたからじゃないですか？」

架乃は己のいでたちを指し、目を細めた。

「不審者だと思われたのかも」

いまどきの小学生は、学校や親から、不審者への対策法を叩きこまれる。そのうちのひとつが挨拶である。「不審者は目立つことを嫌う。顔を見られたと思うだけで退散する。だから大声ではきはき挨拶しなさい」と指導されるのだ。

だが大家は、

「あはは。浦杉さんは大丈夫よ」と笑いとばした。

「似合ってて、かっこいいもの。わたしもあと三十歳若かったら、そんなヘアスタイルにしたかもねえ」

4

＊十一月十八日（土）　午後六時三十二分

高比良と三浦は、『多摩幼女殺害事件』の唯一の遺族に会った。

被害者女児の父親である。

彼はいま、両親が住む狛江(こまえ)市の実家に厄介になっていた。仏壇には五人ぶんの遺影がずらりと並んでいた。彼の祖父母、自殺した長女、心臓麻痺で亡くなった妻、そして殺された次女である。

「両親も六十を越えましたし、わたしが働かなきゃとは思うんです。ですが、気ばかりあせって……。医者は『あせると治るものも治らない。ゆっくりしろ』と繰りかえすばかりです」

現在も抗鬱剤を飲みつづけているという彼は、げっそりと瘦せ、立ちあがることすら億劫そうだった。

彼にはアリバイがあった。

小諸在登が誘拐されたとおぼしき時刻、ならびに小諸邸に電話があった時刻に、保健師が訪れていたのだ。問診を受け、服薬管理などの指導を受けたという。

「事件のことは、もう滅多に思いだしません。というか、考えないようにしてるんです。……そのせいか最近は、なにもかも、夢だったような気がするんです」

ぼんやりと女児の父親は語った。

「妻がいて、可愛い娘たちに囲まれていた日々のほうが、夢だったんじゃないか、とね……。幸せすぎて、あれが現実だったなんて、とうてい信じられない。すべてが遠いんです。それに、夢のほうがいいでしょうよ。全部おれの夢だったなら、苦しんで苦しんで死んだ娘たちは、いなかった。涙が枯れるほど泣いて、白髪になってしまった妻もいなかった。そのほうが、まだしも、よかったですよ……」

また『大学生居酒屋準強姦事件』の被害者の弟は、長野の親戚のもとにいた。

彼もまた、重い抑鬱状態にあった。高校には留年しないぎりぎりの日数しか通えておらず、また関東に来られるような小遣いも「持たされていない」そうであった。

その後、高比良たちはコンビニに向かった。

カフェインの力を借りるためだ。二人ともホットの〝濃いめ〟を選んだ。店外の灰皿を前に、ブラックで一気に喉へ流しこむ。

三浦の顔は、早くも疲れていた。「気の滅入る仕事だ」と、その瞳が語っていた。

お互い口に出せぬ言葉を、コーヒーとともに飲みくだした。

高比良は内ポケットから専用端末を抜いた。

「おい、指揮本部から連絡だ。さっきの電話の解析結果が出たぞ」

「逆探知の結果ですか」

三浦の目に生気が戻った。

昔は逆探知するには、通話をある程度引きのばす必要があった。しかし現在は対象の電話にかかってきた時点で、通信会社のコンピュータに履歴が記録される。

とはいえ手間がゼロになったわけではない。

発信元の番号が暗号化されているため、通信会社の担当者が解析するひと手間は要る。つまり〃会話を引きのばす特殊班の技〃ではなく、〃通信会社の解析技術〃のほうが重要になったわけだ。

「解析の結果、やはり公衆電話からだった。使われたのは、横浜市中央図書館内の電話らしい。指揮本部から神奈川県警に話を通し、すぐに防カメ映像を取り寄せるそうだ」

高比良が言う。

三浦が舌打ちした。

「その映像データを、さらに捜査支援分析センター(SSBC)にまわして分析結果待ち……ですか。くそ、まどろっこしいな」

「そう言うな。解析をあせらせて、ミスを誘発したら目も当てられない」

「そりゃわかってますが——。あ、小諸在登くんについての追加情報も届いてますよ」

三浦が液晶に目をすがめる。

「去年の担任教師からの評価だそうです。えー、〃明るく積極性があり、運動神経がよい。素直でリーダーシップも高いが、やんちゃでわがままな一面も〃だそうです。〃得意科目は体育と社会科〃」

「そうか。残念ながら、誘拐犯のもとでじっとしていられる子じゃなさそうだ」

高比良の端末がまた鳴った。今度は前線本部の電話からであった。

しばらく応答して切り、三浦を見やる。

「あれ以後、誘拐犯からのコンタクトはなしだ。よって引きつづき、怨恨、営利誘拐、いたずら目的と、すべての可能性を視野に入れて動けとさ。一億円の手配は、銀行の支店長と交渉中らしい」

「でも身代金目当てなら、もっと間断なく電話してきますよね？」

三浦が問う。

高比良は首を振った。

「普通はそうだが……まだ、なんとも言えん。前線本部の言うとおり、可能性を絞れる段階じゃない。個人的には、営利誘拐であってほしいがな。もし性的暴行が目的の誘拐だったなら……」

「殺される可能性が、高い」

三浦があとを引きとる。

「そうだ」

高比良は苦い顔でうなずいた。

金目当ての誘拐ならば、交換まで人質を生かしておく意味がある。だが暴行目的ならそうではない。犯人はすでに〝目的〟を達してしまっているからだ。

——とはいえ復讐目的なら、未知数だ。

統計的に、失踪および誘拐事件は四十八時間が壁だと言われる。もし四十八時間以内に発見できなければ、救出できる確率が大きく落ちるのだ。被害者が幼い子どものケースなら、ぐっと狭まって二十四時間が山である。

「次の電話で、在登くんの無事が確認できるといいんですが」

「まったくだ。だがそこは富安班長に任すしかない。おれたちは、おれたちの仕事をしようや」

紙コップを店内のゴミ箱に捨て、二人はコンビニを離れた。

つづいて高比良たちが向かったのは、尾山台駅前交番だった。

交番所長は五十代の女性警部補であった。高比良と三浦の赤バッジを見ただけで、心得顔で奥へと通してくれた。畳敷きの休息所に二人を座らせ、ぴたりと戸を閉ざす。

「で、なにをお訊きになりたいんです?」

話が早くてありがたい。

高比良はかるく頭を下げてから、

「夏休み明けから、管内で男児狙いの変質者が増えていたそうですね」

と切りだした。

「今月だけでも露出や連れ去り未遂など、すでに三件が起こったと聞いています。われわれはその三件しか情報を得ていないのですが、今回の誘拐に繋がるような手口の事件はありましたか？」

「繋がるかはわかりません。ですが、マークしていた事件ならありました」

「というと？」

「他署管内で、三年前からつづいていた連続暴行事件です。被害者はすべて男児で、間違いなく同一犯と見られていました。ですが一昨年の十月を境に、ぴたりと犯行が止まっています」

「ほう。該事件の資料はありますか？」

「お待ちください」

交番所長が立ちあがる。簿冊を持って、すぐに彼女は戻ってきた。

高比良は簿冊の書類をめくった。予想はしていたものの、胸の悪くなるような報告が並んでいる。

被害者はみな五歳から八歳の男児であり、一人で家に留守番しているところを狙われていた。手口はインターフォンを通し、

「ぼくはお母さんと同じ会社の者だ。きみのお母さんが事故に遭ったから、迎えに来た。病院まで連れていってあげる」

と呼びかけ、ドアを開けさせて強姦するというものだった。

なお被害者の九割は片親家庭で、母親のいない子には「お父さんが事故に遭った」と呼びかけるなど、あらかじめ下調べした様子があった。頼れる保護者がすくない子の弱みを突いた、卑劣きわまりない犯行であった。

「一件ごとに、暴力性が増していますね」

書類に目を走らせつつ三浦が言う。

「最後に襲われた子は、全治一箇月の大怪我か。ひでえな……」

「ええ。警察に訴え出た被害だけで、この数です」

交番所長が抑揚なく言った。

「ご存じのとおり、性犯罪は暗数がとても多いです。二次被害を恐れ、泣き寝入りする被害者が多いからです。子どもが被害に遭ったケースでは、まず本人が親に言いたがりません。親に打ちあけられたとしても、通報する親はさらにまれです。そして女児に比べ、男児の被害のほうが何倍も公（おおやけ）になりにくい」

「まさにそれを狙って、男児ばかり狙う児童性愛者（ペドフィリア）がいますね」

高比良は相槌を打った。

「被害者が訴えづらい立場であることを、やつらは知っている。反社会的人格を持つサディスティック型ペドフィリアや搾取型ペドフィリアは、だからこそ男児を狙いがちという統計もあります」

「一昨年の十月三十日で、一連の犯行は止まったんですね？」

三浦が簿冊から顔を上げる。

「最後の被害者は七歳で、下半身に重度の裂傷、男性器に複数の切創。ここで犯行が止んだということは、別件で逮捕されて服役したか、入院でもしたか——。一定のブランクを経た変質者が、声かけ事案から徐々に犯行を再開するというのはあり得る線です。とはいえ今回の誘拐と共通する手口はなく、この連続暴行犯が拉致監禁にいたったケースもゼロだ」

「ええ」

交番所長はうなずいてから、

「でも、捜査員の方がたならご存じでしょう。こういった犯人は、突然〝化ける〟ことがあります」と言った。

「……ですね」

高比良は同意した。

「そのとおりです」

いい例が『奈良小一女児殺害事件』である。かの犯人は三十六歳で殺人を犯す前に、小児相手の性犯罪を何度も繰りかえしていた。

二十歳のときに幼稚園児八人に対する強制猥褻で起訴されたものの、執行猶予判決。その後、五歳女児に猥褻(わいせつ)行為をして実刑となった。出所後もやはり小一女児相手に犯行に及び、逮捕されている。その果てに起こった殺人であった。

この犯人に執行猶予を与えた裁判官も、彼を弁護した弁護士も、口を揃えて言うに違いない。

「まさか、殺すとは思わなかった」

「われわれには予期しようがなかった」

誰のせいでもない。小児性犯罪者がいきなり凶悪な殺人者に豹変するなど、神ならぬわれわれに予測できるはずがない——と。

——その意見も、もっともだ。しかし。

高比良はまぶたを伏せた。

——しかしそれでも、誰かが予期せねばならなかった。

予期してこその捜査のプロであり、司法のプロではないのか。もしそれができないならば、医療と捜査と法律のプロフェッショナルは、なんのために存在するのか。

「わたしが、ハコ長に昇進する前……」

交番所長が低く言う。

「江戸川交番(PB)にいた頃のことです。やはり子どもを狙う性犯罪が、管轄区域で頻発しましてね。そのときは、被害は女児ばかりでしたが」

彼女の瞳は、曇ったガラス玉のようだった。

「わずか一年半のうちに、低学年の女子小学生が六人襲われました。三人目と五人目のときは、わたしが第一臨場したんです」

「それは……」

言いかける三浦を制するように、

「惨(むご)たらしかったですよ」

交番所長は言った。

「具体的にどう惨かったかは、訊かないでください。いえ、訊かれたとしても言えません。ごめんなさい。二度と口にしたくないんです。とにかく……ひどかった。中には、一生残る障害を負った子もいます。ようやく犯人が逮捕されたと聞いたときは、不覚にも涙が出ました」

交番所長は高比良をまっすぐ見据え、つづけた。

その犯人が、逮捕後にどうなったと思います？――と。

「不起訴、ですか」

高比良の口もとがゆがんだ。

「ええ。やり手の弁護士が、六件すべての示談を成立させて」

「その弁護士とは、もしや」

「小諸成太郎さんです」

言いきってから、交番所長は睫毛を伏せた。

「ですから……今回の誘拐の動機が怨恨だったとしても、わたしはとくに驚きません」

「小諸家の巡連簿を、見せてもらえますか」

高比良は低く言った。

交番所長がうなずき、二冊目の簿冊を差しだした。

受けとったのは三浦だった。せっかちな手つきで簿冊をめくる。

「ほう。成太郎さんは、あの家で生まれ育ったんですね。彼の両親が尾山台に越してきたのが、昭和五十年代か」

当時の世帯主は成太郎の父、小諸昇平（しょうへい）である。妻は登紀子（ときこ）。彼ら夫婦は二人の息子に恵まれた。長男の成太郎と、次男の功己（いさみ）だ。

「史緒さんが嫁いできたのが十一年前。昇平さんは三年前に死去。いまどき享年六十六は、早い死ですね。世帯主はそれを機に、成太郎さんに替わったのか。そして登紀子さんが出ていったのが二年前……」

高比良は唸った。

「通報を受け、パトカー（PC）が小諸邸に出動した履歴が数件ありますね」

三浦が簿冊のページを指す。

「ええと、投石による窓ガラスの破損一件。玄関前で不審者が騒ぐなどの騒音被害二件。誹謗中傷の張り紙など一件、外壁への落書き一件……」

「小諸邸の玄関には、警備会社のシールが貼ってあったよな？」

高比良は三浦に確認した。

「ありました。近隣からの通報がなく、警備会社と小諸家だけで内々に処理した事案を含めれば、もっと件数はいくでしょうね」

「警察は、これらの通報をどう処理したんです？」

交番所長へ目を向ける。彼女は首をすくめた。

「わたしが知る限り、成太郎さんの返事はいつも同じです。『大ごとにする気はない』。この一言だけ。奥さんが怖がっていても、成太郎さんが封じてしまうんです。それからこれは、誘拐と関係あるかわかりませんが——」

すこしためらってから、

「玄関前で騒いだ不審者のうち一人は、成太郎さんの愛人を名のる女性でした」

と交番所長は言った。

「〝自称〟愛人ですか」

「ええ。成太郎さんが強く否定しましたのでね。書類上〝自称〟になりました」

「ちなみにそのとき、在登くんはもう生まれてましたか?」

「生まれていましたよ。二年前のことですもの」

「なるほど。成太郎さんはいま海外出張中だそうですが、ふだんから留守が多いんでしょうか?」

「そのようです。うちの若手が巡回に行ったとき、『うちは、男手があってないようなものだから』と奥さんが苦笑していたそうです」

高比良の内ポケットで、着信音が鳴った。スマートフォンだ。

「失礼」

ことわって、高比良は電話に出た。発信者は合田係長であった。

「おう高比良。三浦もいっしょか？　おれはひとまず放免になった。上の気が変わらんうちに、ここを出たい。残りのやつらを連れて合流するから、おまえもいったん前線本部へ戻れ」

「了解です」

応えてから、高比良は声を低めた。

「……で、第五係長のほうはどうです？」

「これから理事官に連れられて、刑事部長のところへ行くようだ。気の毒だが、おれにはなにもしてやれん。かばってやりたいのはやまやまだがな」

声音に苦渋が沈んでいた。

通話を切り、高比良は交番所長を振りかえった。

「ご協力ありがとうございました。最後に、もうひとつお聞かせください。この管轄区域の生き字引署員といえば、どなたを思いつきます？」

「先代のハコ長ですね」

交番所長は即答した。

「わたしが異動してくるまで、このＰＢの主でしたから。十八年間異動がなかったそうですよ。いまは三鷹署の地域課におられます」

先代交番所長の姓名を手帳にひかえ、高比良は再度の礼を言って立ちあがった。三浦の背を押すようにして、休息所を出る。

尾山台駅前交番を去りぎわ、

「あのう」

低く、交番所長に呼びとめられた。

「……小諸成太郎さんについては、ついいろいろ語ってしまいました。けれど、在登くんに罪はありません」

高比良を見上げた瞳に、万感の思いがこもっていた。

「いつも大声ではきはき挨拶してくれる、いい子なんです。一刻も早く、無事におうちに帰してあげてください」

「もちろんです」

高比良は強くうなずいた。

5

＊四月二十五日（火）　午前八時四十六分

架乃はいつもＪＲ総武線に乗り、飯田橋駅で降りる。

駅としての規模はそこそこだが、ＪＲだけでなく東京メトロや都営地下鉄も乗り入れるため、利便性の高い駅だ。

――そう、便利なのはいいけれど。

構内を歩きながら、架乃は姿勢を正した。

便がよければ、当然利用者も増える。利用者が多いとは、つまり人の母数が大きいということだ。となれば〝どの群れにも一定の割合でいる、おかしな人〟の人数も、母数に比例して増えてしまう。

――あ、いた。

向こうから通路を歩いてくる男に、架乃は目をすがめた。

俗称〝ぶつかり男〟は、架乃が知る限り、昔からいた。駅や雑踏など人の多い場所で、すれ違いざまにわざと肩や肘をぶつけてくる輩（やから）である。

狙われるのは、たいてい若い女性だ。しかし中には高齢者や障害者など、自分より弱そうな者なら、すべてターゲットにする者もいる。年齢は二十代から七十代まで幅広く、身なりもさまざまである。

数メートルさきから歩いてくる男は、一見ごく普通の会社員だった。グレイのスーツ。特徴の薄い顔立ちに、スクエア型の眼鏡。

だが中身が普通でないことは、かもしだす空気でわかる。

顔を伏せての早足か、もしくは一点を凝視しながら歩く。ターゲットを見つけたら急に進路を変え、ななめにそれて、肩からぶつかっていく。

ほかの利用者たちがほぼ直線で動くのに対し、彼の動線だけが独特だ。だから、どんなに人がいようがはっきり目立つ。

「きゃっ」

ちいさな悲鳴が湧いた。

眼前の女性を追い抜くふりをして、男が思いきり肩を当てていったのだ。

被害者は小柄で黒髪だった。バランスを崩し、その場でたたらを踏む。だが目を向ける者はほとんどいない。いたとしても、人の流れを阻害した彼女を、迷惑そうに睨むだけだ。

架乃は思わず頬をゆがめた。

――彼女は、わたしだ。

そう思った。

ほんの数年前のわたしだ。毎朝のように電車で痴漢被害に遭っても、声ひとつ上げられなかったわたし。弱い獲物と見なされていた頃のわたし。あの事件で、なすすべもなかったわたしだ。

気づけば、男が眼前にいた。

まともに目が合う。架乃は男の顔を覗きこみ、睨みつけた。

彼が怯(ひる)むのがわかった。瞳に浮かんだ戸惑いと、瞬間的な恐怖まで見てとれた。架乃が避(よ)けないと悟ったらしく、男のほうで反射的に身をかわす。

すれ違う瞬間、架乃はわざと舌打ちした。

男の耳が赤く染まった。

彼が悔しさと屈辱(くつじょく)にまみれ、振りかえって架乃を睨むのは、たっぷり一分後のことだろう。いやそれとも、改札を出ても振りかえらないタイプか。ひたすら鬱々と呪詛を溜めこみ、架乃の存在を思いかえしては、脳内で絞め殺すのだろうか。

髪を払い、架乃は足を速めた。

一コマ目の講義は『ジェンダー法律総論』であった。

「えー、先週に引きつづき、〝法と暴力とジェンダー〟の章です。テキストの百四十四ページをひらいてください。前回までは、ＤＶことドメスティック・バイオレンスについての章でしたね。ですが今日からは――」

マイクを通した教授の声が、講堂に響く。

架乃は前から二列目の席にいた。

この『ジェンダー法律総論』はなかなか人気のある講義だ。レポートが、宿題ではないからである。

一コマ九十分のうち、講義に四十五分を当てる。残る半分はレポートを書く時間に当て、チャイムを合図に提出というシステムである。

レポート漬けの日々を送る学生にとっては、最少の時間で単位が取れる、ありがたい授業であった。

「……みなさんもご存じのとおり、性犯罪に関する刑法は、二〇一七年に大幅改正されました。じつに百十年ぶりの改正です。つまりそれまでは一九〇七年制定の、黴の生えた法律を使いつづけていたわけですね。時代と実状にそぐわなくなって、当然と言えましょう」

この講義を受ける学生の男女比は四：六といったところか。

前述のとおり人気の高い講義だが、それでも「あの教授は、ちょっとなあ」と避ける男子学生はすくなくない。

法律や人権を学ぶからといって、リベラルな者ばかり集まるわけではない。ジェンダーがからむならなおさらだ。

「えー、近年の改正により、旧来の『強姦罪』は『強制性交等罪』に名称を変えました。刑罰は〝三年以上の有期懲役〟から〝五年以上〟に変更されています。また女性被害者だけでなく、男性が被害に遭ったケースにも適用できるよう……」

そのとき、背中をつつかれる感触がした。

「架乃ちゃん」

耳もとでささやかれる。

反射的に振りかえり、架乃は瞠目した。

瀬川絢が、そこにいた。アイラインで引きしめた目を細め、にやっと笑う。腰を浮かせ、すばやく架乃の隣に移動してくる。

「え、絢ちゃん？　なんでここに」

「聴講生なの」

絢が小声で答えた。

あの夜以来、二人は頻繁にＬＩＮＥを交わしていた。気づけば「絢ちゃん」「架乃ちゃん」と呼びあう仲になり、何度か連れだってランチにも行った。

「聴講生？　知らなかった」

「だろうね。うち、いつもは一番後ろにいるもん」

壇上の教授がテキストを閉じ、マイクの位置をなおす。

「それでは、ここからディベートの時間とします。質問や意見はありますか？」

「はい！　質問です」

ななめ前に座る男子が手を上げた。

「自分が思うに、『強姦罪』が『強制性交等罪』になっても、最大の問題は解決されていませんよね。〝被害者の承諾の有無〟が、罪の成否を分けるという点です」

前のめりの早口だった。

「承諾があったかなかったかは、当事者同士の主観によるものでしかない。つまり女性があとで『あれは強姦だった』と主張しさえすれば、男性側はやすやすと冤罪を……」

「違います。逆です」

後方の女子学生がさえぎった。

「強制性交等罪を成立させるには、〝加害者がいつどのようにして暴行および脅迫したか〟を証明しなくてはいけません。証明を強いられるのは、被害者側のほうです。法改正されたあとも、それは変わっていません。現に〝被害者の抵抗が被告人に伝わりづらかった〟という理由のみで無罪判決となった例が、ごく近年にも複数見られます」

架乃は手の中で、シャープペンシルをまわした。

強要されない限り、ディベートには参加しないことにしていた。法律を学ぶ者の態度としては奨励されないだろう。だが議論したところで、わかりあえる気がしなかった。とくに性犯罪がらみはそうだ。

性犯罪の加害者の九十九・六パーセントが男性。

女性の加害者はたったの〇・四パーセントでしかない。

いかに法律を学んでいようと、男性が被害をわが身のこととして受けとめるのはむずかしい。それに彼らはしょせん、〝怪物〟を知らない。

――浜真千代(はまちよ)のような怪物に、彼らは出会っていない。

怪物を知ってしまった自分と、そうでない彼ら。はたして相互理解は可能だろうか。

否、としか思えなかった。

〝あの事件〟で、架乃は浜真千代に拉致された。

しかし真千代本人の姿は直接目にしておらず、話もしていない。父と真千代の会話を壁越しに聞いたのみだ。いまだに〝小太りの、関西弁の中年女〟というあいまいなイメージしかない。

――いまだ鮮明なのは、〝ＫｉｋＩ〟さんのイメージだけだ。

講義のディベートは、いつしかSNS問題に移っていた。

さきほどの、ななめ前の男子学生が言う。

「たとえばSNSで、被害者と加害者が仲良くなったとします。被害者は自分から会いに行って、自分から加害者の車に乗りこんだ。それでも『強制性交等罪』は適用されると思いますか？」

「は？　されるに決まってるでしょう」

男子学生の意見を、女子がぴしゃりと封じた。

「車に乗ったからといって、性交に同意したわけではありません。同性つまり年上の女性のふりをして仲良くなり、おびきだすケースも多発しています。女性だと思って会いに行っているのだから、性交を想定しているはずがありません」

「いや、でも、ぼくは思うんですけどお」

別の男子が、間延びした声で割りこんだ。

「そもそも女子小学生や中学生が、インターネットの中にしか話し相手がいない、って状況がまず異常じゃないですかぁ。そういった普通じゃない精神状態に加え、知らない人に会いに行くという、非現実感への高揚がですねえ……」

――なにを言ってるんだろう。

架乃は思わず内頬を噛んだ。

この人、なにを言ってるんだろう。ネットの中の相手にしか、打ちあけ話できないことが異常？　普通じゃない精神状態、だって？

なにもわかっちゃいない。

賢(さか)しらな顔をして、知ったふうなことを言わないでほしい。

ネットが発達する前は、電話だったはずだ。電話ができる前は文通だったろう。顔が見えない相手、知らない相手だからこそ胸襟をひらけるなんて、いまにはじまった話ではあるまい。

――わたしにはそれが、ＳＮＳで出会った〝ＫｉｋＩ〟さんだった。

シャープペンシルを握りしめる。

ＫｉｋＩの正体は、浜真千代だった。

もう知っている。わかっている。それでも。

――それでもわたしは、まだたまにＫｉｋＩさんが恋しい。

浜真千代本人は、憎い。恐ろしいとも思う。弟の善弥を奪った悪魔であり、父の敵であり、架乃をさらって監禁した女だ。

しかし〝ＫｉｋＩ〟と真千代が、いまだ完全に重なってくれない。

母には「〝ＫｉｋＩ〟とどんな関係だったのだ」と訊かれた。「なにを話していたんだ。なぜあんな女に」と問いつめられた。

架乃は、うまく答えられなかった。どう説明しようと、伝わる気がしなかった。

――あのとき母と上手に話せていたら、関係は変わっていたのか。

いまのようにぎくしゃくせず、もっと母娘で打ちとけられていただろうか。

教壇でアラームが鳴った。

「はい。ディベート終了です。これよりレポートにかかってください」

マイクから教授の声が響いた。

レポート用の用紙が前列からまわされてくる。絢は二枚取って後ろへ渡した。一枚を自分の前に置き、残る一枚を架乃へ突きだす。

「え、絢ちゃんも書くの？　聴講生なのに？」

架乃がささやくと、絢は肩をすくめてみせた。

「学びって、単位取るためにするもんじゃないでしょ」

「うっわ、えらーい」

「ふふん」

レポートの課題は『二〇一七年の法改正は、性犯罪事件の判決をどう変えたか。あるいは変えなかったか？』であった。

「架乃ちゃん、なに書くの？」

「うーん。二〇一九年の、名古屋地裁岡崎支部の判決について書こうかな」

「ああ、実の娘に五年にわたって性的虐待してた父親が、準強制性交等罪に問われたやつか。一審が、父親を無罪にしたんだよね」

「そう。裁判官が『性交を拒んだ際に受けた暴力は、恐怖心を招くほどのものではない。被害者が抵抗不能だったとは思えない』なんて言った事件。ふざけてるよ。……絢ちゃんは？」

「うちは、静岡地裁浜松支部の判決にしとく」

「え、それどんな事件だっけ」

「強制性交致傷事件の裁判だよ。これも無罪判決ね。被害者が『頭が真っ白になった』と証言したのを根拠に、『被害者の抵抗が、被告に伝わりづらかったから無罪』とか、裁判官がほざきやがった公判」

——絢ちゃん、勉強家だ。

架乃はひそかに舌を巻いた。

やっぱり人は見かけじゃない。絢より真面目そうに見える学生たちのうち、いったい何人が他大学へ聴講に通い、過去の判例を暗記できているだろう。髪がどうこう、爪がどうこうなんて、これっぽっちも当てになりはしない。

二人は時間いっぱいレポートを書き、チャイムとともに提出した。

絢がバッグを手に立ちあがる。

「架乃ちゃん、ランチって学食？」

「あ、今日はごめん」

架乃は手を振った。

「昼は、お父さ――父と、約束があって」

しかし、絢とも別れがたかった。つい彼女の横顔に、、

「夜なら大丈夫。あの、絢ちゃんさえよかったらだけど」

と未練たらしく付けくわえてしまう。

「わかった。夜ね」絢は片頬で笑った。

「ＬＩＮＥする。じゃあね」

ヒールを鳴らして去る絢の足取りは、なんの迷いもなく軽やかだった。

6

＊十一月十八日（土）　午後七時九分

高比良と三浦は前線本部こと小諸邸へ戻った。

リヴィングでは、やはり特殊班がとぐろを巻いていた。

小諸史緒は女性警官二人に付き添われて、ソファの端でうなだれている。高比良たちの登場にも、目線ひとつ上げようとしない。

「おう、ご苦労」

代わりのように手を上げた合田は、部下とともに到着済みだった。

これで合田班の十三人が全員揃ったことになる。部長刑事が六人、巡査もしくは巡査長が六人、そして彼らを率いる班長の合田である。

「知ってたか？　特殊班の富安班長と、うちの合田係長は同期なんだ」

高比良は三浦にささやいた。

警察官にとって、同期はよくも悪くも特別だ。高卒なら職場実習を抜いた十三箇月間、大卒なら八箇月間、来る日も来る日もともに警察学校で過ごす。

つらい訓練に耐え、指導教官のしごきに耐える日々は、いやでも仲間意識と絆をはぐくんでいく。

その絆を物語るように並んだ上司たちに、高比良は報告を手短に済ませた。

「……自称愛人か。ふん」

合田が顎を撫でた。

「ってことは、『葛飾区事件』の線も出てきやがったか?」

言葉の意味は、高比良にはすぐわかった。一九七四年の『葛飾区偽装誘拐殺人事件』のことだ。

サッシ加工会社の社長が、若い事務員を愛人にしたのがすべての端緒であった。事務員は本気になった。しかし社長はいつまでも正妻と別れなかった。業を煮やした事務員が、彼の八歳の娘を発作的に殺害。娘の死を知った社長が保身のため、狂言誘拐を計画したというとんでもない事件である。

社長は娘の遺体を、愛人に遺棄させた。自分は「誘拐犯から身代金の請求があった。脅迫状が届いた」と警察に偽証した。

結局は不自然な言動があやしまれ逮捕されるのだが、「自首したい」と泣く事務員を怒鳴りつけて黙らせ、幼い死体の遺棄を押しつけるなど、社長の冷酷さと身勝手さが終始目立った事件であった。

合田が顎を撫でた。

「確かに『子どもがいるから離婚できない』と愛人に言いわけする男は多い。それを真に受けて、子どもを恨む女もな。よし、その線も洗おう」

「それと駅前交番のハコ長が言った〝他署管内で三年前からつづいた連続暴行事件〟も気になる。指揮本部に言って、データを送らせるぞ」

　と富安が応じる。

「ここ最近つづいているという男児への露出や拉致未遂についても、もっと詳しいデータがほしいな。くそ、これじゃいくら手があっても足りんぜ」

「なら、おれも一兵隊として動くぞ。なんでも言いつけてくれ、富安」

　合田が請けあった。

「係長！　さすがにそれは」

　思わず声を上げた三浦を、合田がじろりと睨む。

「指揮本部には岡平理事官がいる。前線本部には富安がいる。それで充分だろ。現場に船頭は何人もいらんさ」

「しかし、係長」

　高比良も割って入った。合田の階級は警部だ。所轄署ならば課長クラスの幹部である。ヒラの巡査に交じって、外まわりなどさせられない。

「いいんだ。頭をからっぽにしたい気分なんだ。ひさびさに足で捜査させてくれ」

強情に言い張る合田を、

「いや、高比良たちの言うとおりだ。そいつは困る」

制したのは富安だった。

「合田も知ってのとおり、特殊事案では数時間おきに交代で休憩を取るのがセオリーだ。緊張感ってのは、そう長く保ってられんからな。合田に外に出られちゃ、おれが休む間、うちの主任の負担が重すぎる」

「おい、富安」

合田が顔をしかめる。対照的に富安はにやりとした。

「なんだおい。おれの代理役じゃ不満だってか？　だいたい昔からおまえは……」

富安がさらにつづけようとしたとき、電話が鳴った。

小諸邸の固定電話だ。

一瞬で空気が変わった。

特殊班の捜査員たちが、すばやく持ち場に着く。高比良たちはスピーカーの周囲に集まり、息を殺した。

録音機が作動しはじめる。それを確認し、富安が女性警官に合図する。

女性警察官にうながされた史緒が、子機を持ちあげた。

「――は、はい。小諸です」

「金は？」

やはりボイスチェンジャーを通した声だった。

史緒に向かって、富安がスケッチブックを掲げる。〝銀行と話を付けている。金は用意できる。さきに子どもの無事を確認したい〟と書かれたスケッチブックだ。

史緒は、ほとんど棒読みでそれを読みあげた。

「銀行と、お話を付けています。お金は用意できます」

「よし。また連絡する」

「待って！」

通話の切れそうな気配に、史緒は追いすがった。

「待ってください。うちの子は、在登は無事なんですか。せめて、こ、声だけでも」

史緒の声はかすれ、ひび割れていた。

「お願いです。あ、あの子、寒がりなんです。暖かい部屋にいますか。お腹、すかせてないですか。お願い、声だけでいいですから」

しばし、沈黙があった。

おそらくは数秒の間だった。だがひどく長く感じた。

「おかあさん?」

唐突に、スピーカーから子どもの声が響いた。

とろりと眠そうな声だ。合田と富安が、すばやく目を見交わす。

——生きている。

室内に、ほっと安堵の吐息(といき)が満ちた。生きている。在登くんは無事だ。これがわかっただけでも、今後の捜査方針は大きく違ってくる。

しかし、安堵もつかの間だった。

「ぎゃっ」

ちいさな悲鳴が湧いた。在登の声だ。捜査員の間に、緊張が走った。

「在登!」

史緒が叫んだ。子機に向かって食いつくように怒鳴る。

「いまのはなに! あの子になにをしたの!」

形相が変わっていた。湿って乱れた髪が、土気いろの頬に貼りついている。目じりが吊りあがって、まるで別人だった。

「なにをしたのって訊いてるのよ! なんとか言え、この馬鹿! 答えろ!」

「史緒さん。史緒さん落ちついて」

女性警官が、両脇から必死になだめる。

通話が切れた。

「逆探知は！」富安が部下を振りかえる。

担当捜査員が答えた。

「やはり公衆電話です。いまのところ、横浜市鶴見区ということしか……」

史緒の肩が、がくりと落ちた。

そのまま体ごとソファに沈みこむ。失神寸前に見えた。

富安が女性警官に指示した。

「向こうですこし休ませろ。水分も、摂らせてやってくれ」

支えられつつ史緒がリヴィングを出ていくのを見送って、

「……睡眠薬か？」

合田が言った。富安がうなずく。

「かもな。寝起きのような声だった」

つまり在登が誘拐犯に睡眠薬を飲まされ、眠らされているのでは？　との仮説である。実際、人質の子どもを持てあまして薬を盛る誘拐犯は多い。

「となると、やはり単独犯の可能性が高いか」

「まだ断定はできんがな。しかし薬物などが用意済みなら、なだめ役の相棒がいらんことは確かだ」

「ともあれ犯人は、まだ神奈川県内にいる。向こうの県警にかけあって緊急配備をかけさせよう。せめて、公衆電話の多い区域だけでも……」

上司たちの会話をよそに、高比良はかたわらの若い捜査員にささやいた。

「在登くんの部屋は、確認済みだよな？」

「ええ。特殊班のほうでひととおり」

「われわれも見ていいかな。……むろん、荒らしはしない。在登くんがどんな子か、肌で感じたいだけだ」

高比良は三浦をともなって階段をのぼり、在登の部屋に入った。

小諸邸は6LDKの邸宅である。一階は客間、座敷、仏間、リヴィングダイニングキッチン。二階は夫婦の寝室、書斎、子ども部屋という間取りだった。

在登の子ども部屋は、十二帖と充分な広さだった。

壁は空いろで、天井は星空の模様に塗られている。家具は学習机。本棚。ロフトベッド。

エアコンはあれど、テレビやパソコンのたぐいはない。本棚の横には、ミニフィギュアやトミカを陳列するガラスケースが並べてあった。

「いかにも愛されている子、という感じですね」

三浦が言う。

そのとおりだ、と高比良も思った。

室内は塵ひとつなく清潔で、母親の世話が行きとどいていた。秘密を抱えた子どもにありがちな密室感もなく、開放的だ。

――夫婦の寝室も見たいが、さすがに無理だろうな。

高比良は本棚を覗きこんだ。漫画、児童書、乗りもの図鑑など、いかにも小学生らしい背表紙が並んでいる。

「おい高比良、三浦。ちょっといいか」

声とともに人影が入ってくる。肩越しに見やると、合田だった。

「係長？　どうしたんです」

「いや、じつはな」

らしくもなく、合田が階下をうかがって声をひそめる。

「ほかの部下には、すでに言ったことだが……。指揮本部が予想以上に、神奈川県警の捜査共助係とぎくしゃくしている。横浜市中央図書館の防カメ映像の手配を頼んだところ、向こうさんに嫌味を言われたそうだ。『警視庁に協力して、また流れ弾を食らっちゃたまらない』とな」

「それは、また……」

高比良は絶句した。

捜査共助係がなにを当てこすったかなど、考えるまでもなかった。『亀戸小二女児殺害事件』だ。

今朝から強行犯第五係長と合田が理事官席に集められていた、まさにその理由——、容疑者の自殺という、苦い結果を生んだ事件である。

俗称『花蓮ちゃん殺し』こと『亀戸小二女児殺害事件』は、今年の十月二十四日に発生した。

江東区亀戸の小学校に通う、二年生の磯川花蓮ちゃんが行方不明になったのである。最後に目撃されたのは、下校途中の姿だった。これが午後四時過ぎのことだ。

会社員である母親が帰宅し、

「家にいない。靴もランドセルもない」

と気づいたのが午後六時半。約三十分後に父親が帰宅し、二人で手分けして公園などを捜すも、花蓮ちゃんは見つからなかった。

警察に通報がなされたのが午後八時二分。さらに一時間後の九時十八分、亀戸市内のコンビニ駐車場で、花蓮ちゃんのキッズスマホが発見された。

スマホケースには名前シールが貼られており、

「間違いなくうちの子のものだ」

と母親が確認した。

また同コンビニのゴミ箱からは、花蓮ちゃんの手提げ袋が見つかった。警察官が袋を探ると、女児用の下着が丸めて突っこんであった。

亀戸署はただちに指揮本部を立て、第一特殊犯捜査第一係の捜査員を被害者宅に送った。また自動車警邏(けいら)隊(たい)に半径五キロ圏内を捜索させた。

だが結果はむなしかった。

翌二十五日の午前十一時。神奈川県川崎市幸区にてウォーキング中の男性が、花蓮ちゃんの遺体を河原で発見したのである。

花蓮ちゃんは下半身に衣服を着けていなかった。あきらかに性的暴行を受けており、両腕を切断されてもいた。

傷の切り口は無残につぶれており、

「切れ味の悪い刃物で、素人が切断したもの」

と検視官は断言した。

指揮本部は、殺人事件の特捜本部に切り替わった。警視庁からは刑事部捜査第一課強行犯第五係が出向した。

城東署は威信をかけ、署員九十余人をかき集めた。警視庁と所轄を合わせ、百人超の態勢で臨んだ捜査であった。

——この時点で、すでに特捜本部は花蓮ちゃんの義兄をあやしんでいた。

すくなくとも高比良はそう聞かされている。

両親の再婚によってできた、十三歳上の義兄であった。

大学を中退し、無職。露出での逮捕歴あり。神奈川県横浜市のアパートに一人暮らし。花蓮ちゃんのことを周囲に「うちのロリガキ」などと吹聴しており、事件当夜のアリバイがなかった。

特捜本部は複数の容疑者を並行して洗いつつ、この義兄を何度か聴取した。署に出頭させ、ベテランの取調官を当てた日さえあった。

十一月二日、川崎区の川辺にて子どもの右腕が発見された。指紋を照合した結果、花蓮ちゃんの部屋から採取された指紋と一致した。またＤＮＡ型も、花蓮ちゃんの型と一致した。

右腕が見つかったことで、マスコミの報道はさらに過熱した。

「左腕はどこにあるのか」

「被害者少女のためにも、早く五体を揃えてやれ」

「後手後手の警察はだらしない」

と、テレビも新聞も週刊誌もネットニュースも連日連夜騒ぎたてた。

世論の高まりを受け、警視庁は捜査班の増員に踏みきった。投入されると決まったのは、大田区の事件を解決したばかりの合田班だ。十一月十二日のことであった。

だが四日後、捜査は急展開を迎える。

別件で勾留中だった柴門拓也という二十代の男が、

「亀戸の小学生殺し、あれはおれがやった」

と自白しはじめたのだ。

半信半疑ながら、捜査員は供述に従って山へ向かった。

すると、自白どおりの場所から左腕が見つかった。とうに腐敗し、一部は白骨化していた。

だが間違いなく花蓮ちゃんの左腕であった。ほかの物証も続々と発見できた。

しかし、運命はとことん皮肉だった。

翌十七日――つまり昨日――、警察の発表を待つことなく、花蓮ちゃんの義兄が自殺したのである。

「おれはやってない。でも誰も信じてくれない」

と、遺書にはその一行だけがあった。

マスコミは沸きに沸いた。犯人逮捕の報がかすむほど、義兄の自殺を取りあげて大騒ぎした。

いわく『警察、またも失態』『冤罪による自殺』『国家権力の犠牲者』――。

メインで叩かれたのは、むろん警視庁だった。刑事部だけでなく、あちこちの部署が早朝から対応を迫られた。

そこでとばっちりを食ったのが、神奈川県警である。

「花蓮ちゃんの遺体が見つかる前から、『あの事件は義兄があやしい』と、神奈川の所轄署員が洩らしていた」

と、誰かがマスコミにリークしたらしい。

そのリークが真実だったかはわからない。だがマスコミ各社は飛びついた。そして報道を鎮火できぬまま、現在にいたる。

――警視庁に協力して、また流れ弾を食らっちゃたまらない、か。

さきほど合田が口にした〝嫌味〟を、高比良は反芻した。

——言いたくなる気持ちも、わからないではない。

向こうにしてみれば「管内(うち)の事件でもないのに、なぜ叩かれるんだ」と腹も立つだろう。おまけに相手は、かねてより不仲の警視庁である。釘差(くぎさ)しのひとつもしたくなって当然だ。

——当然だが、しかし。

「係長。ですが、それとこれとじゃ」

三浦が声を上げた。

「わかってる」

言いかけた彼を、合田が制した。

「亀戸のコロシと、今回の誘拐事件。それとこれとじゃ話は違う。そんなこたぁ、お互いわかってるんだ。向こうさんだってプロだしな。臍(へそ)を曲げたくらいで仕事を放棄するはずもない。協力は、してくれるさ。ただ……」

ただ。

——そう、その〝ただ〟が問題だ。

高比良は奥歯を嚙みしめた。

その〝ただ〟でしかないしこりのせいで、警視庁は神奈川県警に頼みごとをしづらくなる。神奈川県警は警視庁に含みを持つ。結果、合わせるはずの歩調が乱れる。

むろん捜査を二の次にすることはない。お互い、仕事は仕事でちゃんとやる。だが揃わぬ足並みというのは、いつかどこかでつまずくものだ。とくに誘拐などの一分一秒を争う特殊事案において、組織同士の無為な反目と緊張は命とりである。

——せめて亀戸の事件から、すこし間があいていればよかったものを。よりによって昨日の今日だ。最悪の流れだった。

合田がぐるりと子ども部屋を見まわし、

「きれいな部屋だ」

独り言のように言った。

一拍の間を置き、高比良と三浦に向きなおる。

「頼んだぞ。合田班は花蓮ちゃん殺しに、実質四日間しか参加しちゃいない。だが、心意気の問題だ。こんな言いかたはあれだが……汚名返上のつもりで動いてくれ」

第三章

1

＊四月二十五日（火）　午後〇時二十一分

渋谷のカレー専門店『ティタリ』で、架乃は父と落ちあった。

「器用なもんだな」

長いネイルのままスプーンを使う架乃に、父が感心したように笑う。

「ただの慣れだよ」

架乃はそう微笑みかえした。

やっぱり母より父のほうが楽だな、と思う。母はいまだに、架乃の髪やネイルにいやな顔をする。口には出さねど眉をひそめ、ときにはあからさまにそっぽを向く。

――父が家を出ていき、仕事に逃げたときは、もちろん恨んだけれど。

でも〝あの事件〟が、皮肉なことに父娘の仲を修復してくれた。いまではこうして、差し向かいでランチできるまでになった。

お昼どきの『ティタリ』は混んでいた。

チキン、野菜、マトン、挽肉、レンズ豆などのカレーを揃えたこの店は、予約なしではまず入れない。ランチセットはナンかライスが付き、とくにライスは白米、赤米、ビリヤニと選択肢が豊富だ。

「お母さん、元気？」

ナンをちぎって、架乃はなにげないふうに問うた。

「元気だ。うまくやってるよ」

チキンカレーを白米にかけ、父が答える。

「なんか、ごめんね」架乃はつづけた。

「お父さんを置いて、逃げたみたいになっちゃって」

「馬鹿言え」

父がかぶりを振る。

この店のバターチキンカレーは、名物だけあって美味しい。生姜(しょうが)とガーリックと、とくにコリアンダーが効いている。こってりと浮いた脂を、架乃はナンですくいとった。

「大学のほうは、どうだ？」

「順調だよ。午前中は『ジェンダー法律総論』だった」

「ジェンダー……？」

「性犯罪に関する刑法」

「ああ」なるほど、と言いたげに父は首肯した。

父こと浦杉克嗣（かつし）は、元刑事だ。ほんの数年前まで、都内所轄署の捜査第一係にいた。机上の空論ではなく、実地の刑法を体で知る男であった。

――父と、あの事件の話はしづらい。

警察関係の進路も相談しにくい。でも第三者的視点の話ならできる。一般論を語ることも可能だ。さりげないふりで、架乃は尋ねた。

「お父さん、弁護士ってどう思う？」

「ま、好きではないな」

父は即答した。

「だが必要な仕事だと思っている。誰かがやらなくちゃいけない仕事だとはな」

「お父さんがかかわった事件で、理不尽な判決が下ったことってある？」

「山ほどあるさ」

父はチキンをスプーンで崩して、

「あるが、この話はせっかくのカレーがまずくなるぞ。聞きたいか？」と言った。

「レポートの資料になるかと思って」

「……ラッシーが届いてからな」

父の声は低かった。

食後に父はマンゴーラッシーを、架乃はバナナラッシーを頼んであった。『ティタリ』のラッシーは濃いめで、タウン誌でもよく紹介される人気メニューだ。

「お父さんさあ」

架乃は微笑んだ。

「教習所で、怖がられてない？」

「え？」父が目をしばたたく。

「だって、いまでも刑事にしか見えないもん」

「なんだそりゃ。おれのどこがだ？」

「目つきが鋭いし、全体にいかついし、いまでも刑事臭ぷんぷんだよ」

「嘘だろ」

父は愕然としていた。その様子に、架乃はつい噴きだしてしまう。

演技でもとぼけているのでもなく、「どこからどう見ても、いまのおれは堅気のはずだが……」ぶつぶつ言う父が、妙に可愛らしくておかしい。

「ねえお父さん。――正義って、なんだと思う？」

気づけば、そんな問いが口からすべり出ていた。

「うん？　哲学的な質問だな」父が笑った。

「それもレポートの材料か？」

「不愉快な判決よりは、ランチ向きの話題かと思って」

「どっちにしろ答えづらい質問には変わりないな。だが、正義か。そうだな……」

父は首をかしげてから、

「羅針盤みたいなもんか」と言った。

「羅針盤？」

「ああ。向かうべき方向を示してくれる指針だ。おまえが訊きたいのは、法律の適正な運用じゃなく〝正義〟だろう？　人生には何度か、自分の心の羅針盤を覗かなきゃならん局面が訪れる。針の示す方向がたとえ嵐だろうが、羅針盤が指すなら向かうべきだ。それが正しい方向だからだ。おれが考える正義というのは、そういうものだ」

「……ふうん」

架乃はナンの最後のひと切れにカレーをのせ、

「お父さんも、じゅうぶん哲学的じゃん」

と茶化した。

「おまえの親父だからな」

「ふふ。そういえばね、この前、高比良さんに会ったよ」

隠しておこうと思っていたことを、架乃はあえて口にした。

父が目をまるくする。

「高比良と？　どこでだ？」

口ぶりからして、架乃と高比良が偶然出くわしたと思ったらしい。架乃は問いに直接答えず、つづけた。

「お父さんのこと、すっごく誉めてたよ。『優秀な刑事だった。自分が見た中でトップクラスの捜査員だった。凡百の警察官(サツカン)とは、勘や嗅覚からして違った』って」

「そりゃ……まあ、あれだ。世辞だろ」

父はなんとも複雑そうだった。その表情に、やはり架乃は笑ってしまう。

——高比良さんに会ったことなら、父に言える。

「バナナラッシーのお客さま」

「あ、こっちです」

架乃はウエイトレスに手を上げた。

――でも、ＫｉｋＩさんをいまも思いだすことは、言えない。

まだ折々に、彼女の不在をふっと寂しく思ってしまう――などとは。

架乃はストローを使わず、直接グラスに口を付けてラッシーを飲んだ。いま流行りの紙製ストローは、匂いがどうも苦手だ。

バナナラッシーは濃く、もったりと甘かった。


絢とは、夜七時に駅で待ちあわせた。

「どうする、食べるだけ？　飲む？」

「かるく飲みたいかな」

「んじゃファミレスにしない？　女二人なら、居酒屋より安く済むよ」

絢のおすすめは、ピザやパスタがメインの安価なファミレスだった。架乃はランチ以外で入ったことのない店だったが、ちょうど近いこともあり「いいね」とうなずいた。

時間帯のせいか家族連れはあまりおらず、店内は静かだった。

「飲むためにここ入るの、はじめて」

「マジすか。ワインとか安いんだよ？　ほら見て」

「ほんとだ」

広げられたメニューに、架乃は目を見張った。

デキャンタワインがワンコイン以下で頼める。いままではランチメニューばかり見ていたから、気づかなかった。

「デキャンタにする？　ボトル？」

「ボトルのほうが得っぽい」

「じゃあボトルで。とりあえずのおつまみはピザかな。いっぺんに頼まないで、なくなったら追加していこうよ。うち嫌いなピザないから、架乃ちゃん選んで」

女二人の飲み会は、思いのほか楽しかった。

いつもの外飲みなら、お酒数杯と唐揚げ数個とサラダをすこし食べただけで、「はい会費五千円ね」と有無を言わさず徴収される。

しかし今日は好きなものを、自分が食べるぶんだけ選べてありがたかった。三百円台のおつまみを、チキンだの海老だの、ちまちま追加しつつ飲んだ。

「そういや、絢ちゃんが言ってた静岡地裁浜松支部の判決、読んだよ」

自分のグラスにワインを手酌し、架乃は言った。

「読んだんだ？」絢が片眉を下げる。

「ムカついたでしょ」

「うん。最悪」

架乃は大きくうなずいた。

強姦事件だった。襲われた女性は咄嗟に頭が真っ白になり、体がすくんだという。架乃からすれば当然の反応だ。危害を加えられそうになったからといって、反射的に大声で叫べる人間はそう多くない。

とくにこの事件の犯人は、大柄な外国人男性だった。自分よりはるかに体格でまさる相手に、下手な抵抗をして殺されたら——と恐怖ですくむのはごく自然である。

しかし裁判官はこう述べた。

「被告から見て、あきらかにそれとわかるかたちでの抵抗はなかった」

強姦犯に〝あきらかにわかる〟よう抵抗しなかった被害者が悪い、と言うのだ。

その前文で「被告の暴力が、被害者の抵抗を著しく困難にする程度だった」、つまり被害者が怯えで固まってしまうほどの暴力があったと、裁判官自身が認めたくせにだ。

判決は無罪。しかも検察は控訴しなかった。

絢が乱暴にグラスを置く。

「昭和の頃ならまだしも、二〇一九年の判決でそれだよ？　ふざけやがって。ゲロ吐きそう。なーにが『それとわかるかたちでの抵抗はなかった』だよ。大声出せないことが、相手をぶん殴ったり嚙んだりできなかったことが、そんなに悪いのかよ」

「悪くない。声なんか出ないよ」

架乃は吐き捨てた。

「いざというとき、大声なんか出ない。現に、わたしがそうだったもん」

ワインをぐいと干す。

そう、大声など出せなかった。あの女に——浜真千代の手下に拉致されたとき、架乃はただ凍りついていた。

——その裁判官が、同じ目に遭ってみればいいんだ。

腹立ちまぎれに、架乃はチキンをフォークで刺した。

裁判官自身が二回りも体の大きな男に拉致され、喉もとに刃物を突きつけられればいい。そのときになって、声が出るかどうか試してみろ、と言いたい。痴漢にも盗撮にも性的暴行にも一生遭うことはないだろう、順風満帆なエリート男性さま。

——強姦の痛みを知らぬ人に、なぜ司法は強姦事件を裁かせるのだろう。

なにがエリートだ。実地の犯罪なんか知らないくせに。どうせ過去の判例に従うか、求刑の八割を機械的に言いわたすしかしないくせに。

──ああ駄目だ。いけない。落ちつかなきゃ。

手が震えそうになり、架乃はフォークを置いた。

さりげなく横を向き、静かに深呼吸する。

絢の前で取り乱すのはよくない。いや、誰の前だろうとだ。感情的になりたくない。いついかなるときでも、理性を手ばなしたくない。

そのとき、指さきに不思議な感触があった。

目を戻すと、絢だった。向かいの席から架乃の爪をつついている。

「曲がってる」

「……え？」

「ネイル。ここだけ曲がってるよ」

言われて、架乃は己の右手に視線を落とした。

確かにそうだ。中指のネイルだけ微妙に曲がっている。朝、接着するときしくじったらしい。

「貸して。うちがなおしたげる」

「え、あ──、いいよ」

架乃は慌てて首を振った。

「んだよ。遠慮すんなー」

「ううん、違うの。遠慮とか、そういうんじゃなくて」どぎまぎと否定する。

「どうせ帰ったら、すぐはずして寝るんだし……。絢ちゃんにいまやってもらうと、もったいなくてはずせなくなるから、だから……いまは、いい」

言い終えて、ちらりと架乃は友人をうかがった。

だがとくに気を悪くした様子もなく、

「そっか」

絢はうなずき、椅子にもたれた。

「ていうか、うちさぁ、ネイルサロンでバイトしてんだよね」

「あ、ああ。そうなんだ」

「うん。こう見えても苦学生なんよ。このバッグだって靴だって、フリマアプリで買った中古だし。口悪いやつには『パパ活してんじゃね?』なんて言われてっけど」

手にしたスマートフォンを何度かフリックし、絢が画面を見せてくる。

「見て見て、ここ」

Ｔｗｉｔｔｅｒの画面だった。トップ画とアカウント名からして、絢が勤めているネイルサロンらしい。

「……絢ちゃん、SNSやってないんじゃなかった？」

架乃は上目づかいに言った。絢がにやりとする。

「ダサ先輩なんかに、ほんとのこと言うわけないじゃん」

「ああ……」

気の抜けた声が洩れた。

確かに、言われてみればそうだ。そのとおりだ。つくづく間抜けな自分が恥ずかしい。冷えたおしぼりを、火照った頬に押しあてた。

「LINEにURL送っとくね。もしアカつくったら、登録してよ」

「うん」

「言っとくけど、うちちゃんとネイル巧いからね？　今度やらせてみ？　馬鹿ヤバだから。架乃ちゃん、うちに惚れなおすからね？」

「うん」

架乃は首肯しながら、いつか絢ちゃんに説明しなきゃな——と考えた。

わたしがSNSをしない理由を、すべてに対し猜疑心が強い理由をだ。あまり他人には言いたくない。だが絢にならいいか、という気がした。

なのに、頭の片隅で声がした。

――へえ、いつ？

意地悪い声だった。もう一人の架乃、頭の片隅に棲む架乃の声だ。

いつ打ちあけるっていうの？　打ちあけられるの？　誰が聞いてもけっして気分のよくない、重苦しいだけのおまえの過去を？

トラウマと愚痴を、絢ちゃんに一方的に押しつけるの？　おまえが楽になりたいからっていう、ただそれだけの勝手な理由で？

声はさらにつづけた。

絢ちゃんに言うの？　言ってどうするの？　同情してもらいたいの？　弟が浜真千代に殺されたことを？　家族がばらばらになったことを？　浦杉家が再生するまでに、新たな犠牲者までも出たことを？　そんな話、誰が聞きたいっていうの――？

架乃はグラスを引き寄せた。

そしてボトルから、新たなワインをなみなみと注いだ。

2

＊十一月十八日（土）　午後七時二十八分

横浜市中央図書館の防犯カメラ映像が指揮本部に届いたのは、午後七時二十分過ぎのことであった。

映像データはただちに捜査支援分析センター(SSBC)へと送られ、各班に共有された。前線本部へも、犯人らしき男の動画と静止画像が届いた。

「こいつ、防カメの位置をわかってるな」

パソコンの液晶に映った静止画像に、富安が唸った。

誘拐犯とおぼしき男はキャップを深くかぶり、公衆電話を使う間、終始うつむいていた。映るのはキャップの庇(ひさし)ばかりで、顔は見えない。身のこなしや体つきからして年寄りではないが、二十代とも四十代とも付かなかった。

「電話台の高さから計算して、身長は百七十三センチから百七十五センチです。体重は推定七十キロ前後でしょうか」

パソコンを扱う特殊班員が言った。

「キャップは黒地に〝R〟のマーク入り。黒もしくは濃紺の上着、白っぽいズボンに黒い靴と、服装はごく平凡です。キャップを替えられたら、人着(ニンチャク)で絞るのは難しいですね」

「そこも計算済みだろうな。ＳＳＢＣから情報は？」

「声紋データは、やはり取れませんでした。係官いわく『ボイスチェンジャーの性能がよすぎた』だそうです。なかなか用意周到ですよ」

「さっきの逆探知の結果はどうだ」

「先刻の電話は、横浜市鶴見区の総合病院からでした。面会時間は八時までで、誰でも出入りできる状態だったそうです。この病院には公衆電話が一、五、七、九階に各一台ありますが、電話付近に防犯カメラがあるのは一階のみでした」

「では犯人は、一階以外からかけた？」

「そうです。つまりカメラ映像はなしです」

「くそったれ」

富安が舌打ちした。日焼けした顔が、苛立ち（いらだ）でゆがむ。

「該当時間の院内の防カメ映像は、出入り口を含め、すべてデータをもらえるよう手配済みです。むろんそこは、神奈川県警を経由するわけですが……」

富安が、いま一度舌打ちしかけたときだ。

玄関さきが騒がしくなった。数人の捜査員が、首を伸ばして廊下をうかがう。

「なんだ？」

「都銀の支店長が来たようです」

——土曜の夜だというのに、ご苦労なことだ。

高比良は内心で同情した。家でゆっくりしていたところに、部下から連絡が来たのだろうか。突然「警察から要請だ」と言われ、跳ね起きたに違いない。

「失礼いたします。わたくし、嶋木と申します」

そう名のった支店長は、恰幅のいい五十がらみの男だった。

驚いたことに、訪問者は彼だけではなかった。嶋木に数歩遅れて、六十代とおぼしき女性がリヴィングに入ってくる。

髪が不自然なほど真っ黒なのは、白髪染めのせいだろう。薄く色の入った眼鏡に、高価そうなカーディガン。痩せたデコルテを守るように、ハイブランドのスカーフを巻きつけている。

「史緒さんはどこ？」

挨拶もせず、室内をぐるりと見まわす。その目じりは、いかにも癇性そうに引き攣れていた。

嶋木が弁解するように小声で言う。

「登紀子さまとは、さきほど門の前でお会いしまして……」

小諸登紀子――。高比良は口の中で復唱した。

在登の父方祖母の名だ。つまり小諸成太郎の実母で、史緒の姑である。

――そうか。見張っていたんだな。

息子夫婦との同居を解消後、登紀子は目と鼻のさきのマンションに独居中だと聞く。何階に住んでいるかは不明だが、部屋の窓から小諸邸を見下ろせるに違いない。

家を出る際、「アルちゃんは渡さない」と登紀子は喚きちらしたという。そんな祖母が、半日以上孫と連絡が付かぬ現状を、あやしまないはずがなかった。

――窓から監視していたところに、うまいこと都銀の車がやって来たわけだ。

嶋木の口ぶりからして、登紀子は長年のお得意さまだろう。自分が電話すれば、嶋木は無視できないと彼女はわかっていた。

「自分も中に用事がある。いっしょに入るから待っていて」と足止めを命じ、ともに入ってきた――という流れで間違いあるまい。

「ちょっと、この人たちはなんなの？　史緒さん、史緒さんはどこ？」

捜査員たちを指さし、登紀子が喚く。芝居がかった大げさな声だ。

「史緒さん、出てきなさい。アルちゃんはどこなの。あなたという人は、わたしに内緒でこんな人たちを引きこんで、なにをこそこそと――」

「うるさい！」

悲鳴じみた声が、空気を裂いた。

高比良は息を呑み、声の出どころを見やった。

史緒だった。女性警官の制止を振りきり、廊下を駆けてくる。眼光が異様だった。ほんの短時間の間に、目のまわりが落ちくぼんでどす黒い。

「うるさい！　なにしに来た、ババア！　帰れ！」

火の出るような悪罵だった。

登紀子がぽかんと口を開ける。次いで、その顔が真っ赤になる。

「あ、あなた、わたしによく、そんな口を……」

「うるさい、帰れ、帰れ！　あんたなんか、いたって邪魔なんだよ！　帰れ！」

「いやあの、待ってください。どうか落ちついて」

割って入ったのは、嶋木であった。

史緒をなだめるように、両手を上げて掌を向ける。

「一億円、お入り用なんですよね？　普通預金で足りないぶんを、うちがご融資するのはもちろん可能です。ですが成太郎さまに、いまだご連絡が付かないとお聞きしました。ならば登紀子さまのご意向を、まずはうかがうべきかと……」

史緒が、叫びのつづきを呑んだ。棒立ちの姿勢で嶋木を見つめる。

彼女は肩で息をしていた。鬼気迫る顔つきであり、目つきだった。百戦錬磨だろう嶋木さえ、唖然として二の句を継げずにいた。

——そういえば史緒は、「義母なら五千万円は用意できる」と言っていた。

成太郎と登紀子の預金を合わせれば、高利の融資は必要ない、と嶋木は言いたいのだろう。かつ彼が、史緒より登紀子を重んじていること。成太郎と連絡が取れぬうちは、登紀子に従うべきと考えていることはあきらかだった。

「そこまで！」

富安が音高く手を叩いた。

史緒と登紀子、嶋木の注目を集めてから、廊下を指す。

「すみませんが、そこまでです。その件は別室で話しあっていただきましょう。犯人からの入電が、次にいつあるかわからない。申しわけないが、部屋を分けさせてもらいます」

言い終えてすぐ、富安は合田を「すまん」と振りかえった。

「すまんな。任せていいか」

親指で登紀子と史緒、嶋木を指す。彼らの話しあいに立ち会ってくれ、という意味だろう。

特殊班を率いる富安は、この場を離れるわけにいかない。

合田が、顎を引いてうなずいた。

約一分後、史緒は女性警官二人と合田に付き添われ、客間に消えた。登紀子と嶋木がそのあとを追う。客間のドアが音をたてて閉まる。

数秒置いて、無線が鳴った。

「指揮本部からです」

「待て。客間に聞こえない程度に、ボリュームを下げろ」

富安の指示どおり、無線担当が音量を絞った。

無線のスピーカーから声が流れだす。

「……指揮本部から前線本部。マル成の現況について、該事務所職員より情報を得られました。情報は、メールにて送付。至急確認願います。どうぞ」

「前線本部、了解」

間髪容れず、メールを受信した捜査員が右手を上げる。

「届きました！」

富安とアイコンタクトをしてから、彼は低く読みあげはじめた。

「えー、マル成は先月二十九日より、バンコクへ出張。先代からの顧客の次男が数年前に国際結婚し、その離婚係争のため……」

〝マル成〟は指揮本部が決めた、小諸成太郎を指す隠語だ。

被害者である在登は〝マル害〟、誘拐犯は捜査対象を意味する〝マル対〟である。今後の捜査で被疑者が浮かんだなら、その人物は〝マル被〟と呼ばれることになる。

指揮本部のメールを要約すると、つまりこういうことらしい。

成太郎の父の代からの得意さきに息子が二人おり、次男のほうがタイ人女性と結婚した。婚姻手続きは日本でおこなったが、居住地はバンコクである。

この夫婦に、結婚四年目にして離婚騒動が持ちあがった。

しかしこの場合、日本に住民票を移して住所を取得し、その後日本の区役所に離婚届を出し、さらにタイでも離婚手続きをしないと正式に別れられないらしい。

おまけに夫婦は「離婚する、しない」でずるずると揉めていた。成太郎の滞在が長引いて当然の、泥沼離婚案件であった。

「事務所の職員は『顧客の守秘義務が』とかなり拒みました。しかし緊急の捜査だと、なだめすかして聞きだしたようです」

捜査員が言い添えた。

成太郎のスマートフォンに搭載したGPSは通常タイプで、日本国内のLTE網を利用している。だが警察としては彼がバンコクでなく、他国にいる可能性も疑う必要があった。たとえばマイアミなどのビーチに、愛人と――だ。

「女癖は悪そうですが、バンコクにいるのは真実のようですね。今回の誘拐事件とも、いまのところ関連は見られません」

「ご苦労」

富安が短くねぎらって、高比良たちに向きなおった。

「では、合田班はあらためて鑑取りに動いてくれ。より詳細な案件リストが指揮本部から届いている。マル成が請けた案件の中でも、『被害者および家族が、とくに重篤(じゅうとく)な二次被害を受けた事件』をリストアップさせた。手分けして、彼らのアリバイを確認してくれ」

配られたA4用紙に、高比良は目を落とした。なかなかの数である。

高比良は引きつづき三浦と組むことになった。ほかの捜査員たちも、二人一組に自然と分かれる。リストをざっと六等分し、それぞれ担当を決めた。

「こう言っちゃなんだが、マル成はかなりの恨みを買ってきている」

富安が平たい声で告げた。

「マル成に『殺してやる』『おまえの子どもも同じ目に遭えばいい』等を口にした者、脅しの電話をかけた者、脅迫状を送った者、事務所のSNSアカウントに誹謗中傷のダイレクトメッセージを送った者、それらを合わせれば三桁を超える。そのリストに赤丸付きの案件があるだろう。そいつが前述の、要注意案件だ」

「留意します」

高比良はうなずいた。富安がため息をつく。

「とはいえそのリスト外にも、容疑者は山ほどいる。ぶっちゃけ膨大な数だ。玉川署からは約八十人をかき集めた。近隣署にも協力を要請してある。ここは人海戦術で、しらみつぶしに当たるしか――」

富安の声が途切れた。

さえぎったのは電話の着信音だ。

小諸邸の固定電話が、三たび鳴りはじめていた。

3

＊五月十九日（金）　午後四時三十七分

生成りのカーテンがひるがえる。新緑の香りをまとった風が、室内にふわりと吹きこむ。ロウテーブルにひろげたレポート用紙が飛びそうになり、架乃は慌てて手で押さえた。

「セーフ。あせったぁ」

「あはは、架乃ちゃん反応早やっ」

のけぞって絢が笑う。

瀬川家のマンションを、架乃が訪れるのは三度目だった。

絢の部屋は南向きで、風通しがいい。フローリングの床とロウテーブルには、架乃がコンビニで買ったお菓子、紅茶のペットボトル、レポート用紙、法学の資料、二人のスマートフォンと充電器等々が散乱していた。

絢がスマートフォンをフリックして、

「見て見て。この画像笑える」と差しだしてくる。

「ほんとだ。構図決まりすぎ」

「絵はがきっぽくね？」

「言えてるー。映え狙いで撮ったっぽい」

絢のフォトフォルダには、ともにゴールデンウィーク中に遊んだ画像がたっぷり保存されていた。

ときに絢と架乃だけで、ときに絢の妹を連れて、あちこち遊びに行った。

遅咲きの桜を見に出かけたり、人気のラーメン屋に並んだり、神田の古本屋街をうろついたり、アフタヌーンティを楽しんだりした。この部屋で九〇年代の映画を観た日も、夜どおしゲームをした日もあった。

——でも実家には、ほんの数時間、顔を出したっきりだ。

絢と笑いあいながら、架乃はかすかに罪悪感を覚える。

あれはゴールデンウィークの初日だった。母に「夕ごはん食べていくでしょう？」と訊かれ、架乃は「あ、レポート溜まってるから」と反射的に答えた。

母はとくに引きとめなかった。

止められなかったことに架乃は三割がっかりし、残る七割でほっとした。そして母にいとまを告げた直後、絢にＬＩＮＥした。

「いまから行っていい？　暇なの」——と。

こんなにも毎日、特定の誰かと遊ぶのははじめてだ。架乃は思う。

小学校から高校まで、架乃はずっと優等生だった。クラス替えのたび、同レベルの成績で、同レベルの容姿を持つ友達グループが自然とできた。グループ以外の級友とも普通に馴染めたし、そこそこ人気者だったと思う。

——でも親友は、つくってこなかった。

特定の誰かとだけ仲を深めたことはない。

だって〝特別〟は怖かった。母の善弥への溺愛ぶりを、ずっと身近で見てきた。その善弥を失った母がどうなったかも見てきた。

恐ろしかった。架乃のほうで母を〝特別〟に思おうとも報われぬ事実も、あんなに〝特別〟だった善弥があっさり消えたことも、すべてが恐怖だった。

映画やドラマや流行りの曲は、愛をすばらしいものだと説く。だが架乃にとって〝特別〟と〝愛〟は、つねに恐怖と背中合わせだった。

――そのはずなのに。

なぜだろう。絢に対しては、恐れを感じない。彼女なら大丈夫だと思える。絢を知れば知るほど、信頼と安心感が深まっていく。

――絢ちゃんはたぶん、わたしと同類だ。

同じ方向を見て、同じように感じ、同じように傷つく人間だ。底に流れるなにかが似かよっていると感じる。言葉ではなく、皮膚でそう察する。

「ただいまあ」

玄関扉の閉まる音がした。

足音が廊下を走ってくる。紺の制服が、絢の部屋をひょいと覗きこむ。

「あー、やっぱ架乃ちゃん来てる！」

絢の妹、水輝（みずき）だった。

水輝に会うたび、「六歳の差って大きいな」と架乃は感心する。制服ひとつ取っても、架乃の世代とは着こなしかたが違う。ソックスの流行も異なる。アイロンの利いたブラウスの白が、やけにまぶしい。

「こら。架乃〝さん〟だろ」

振りかえって、絢が妹を叱る。

「なんで？　お姉ちゃんは『架乃ちゃん』て呼んでんじゃん」

「うちは友達だからいいんだよ。中学生のおまえが、ちゃん付けすんな」

姉の小言を水輝は無視し、

「やったあ、バターラスクの新作がある！　着替えてシャワーしてくっから、それまで全部食べないで！　残しといてよ、絶対ね！」

架乃に叫ぶと、ばたばた自室に駆けていってしまう。絢が肩をすくめた。

「あーもう、ごめん。うるさくて」

「ううん。水輝ちゃん、いい子だよ」

架乃は首を振った。

「仲良くなれて嬉しい。ずっと、妹がほしかったから」

「へえ。じゃ架乃ちゃん、ひとりっ子なんだ？」

「え――あ、ううん」

思わず答えに詰まる。

「弟が、……いた、けど」

沈黙が落ちる。

しかし「けど、なに？」と絢は訊かずにいてくれた。なぜ過去形なのかとも訊かなかった。

絢を好きだと思うのは、こういうところだ。けっして不用意に立ち入ってこない。いや、立ち入ってくるときもあるけれど、そういうときは心がまえする猶予をこちらにくれる。絢と話していて、彼女を無神経と感じたことは一度もない。

「――さてと、休憩終わり」

絢が大きく伸びをした。

スマートフォンをフォルダから録音アプリに切り替え、ロウテーブルに置く。

「水輝が戻ってくるまでに、ちょっとでも進めちゃおう。ええと、次は架乃ちゃんの番だよね。テーマは五年前の『多摩幼女殺害事件』についてだっけ？」

液晶をタップし、ボイスレコーダ機能を立ちあげる。

それぞれのレポートを書く前に、話しあって考えを整理するという試みを、二人はゴールデンウィーク前からつづけていた。ディベートではない。あくまで、お互いの潜在的思考を引きだすための会話である。

「まずは、どうして『多摩幼女殺害事件』を取りあげようと思ったか。そこから話してみようか？」

「それは、ええと……。ああ、そうだ」

架乃はこめかみに手を当てた。目を閉じ、記憶を掘り起こす。

「去年の『裁判制度概論』の講義で、グループワークがあってね。そのとき『多摩幼女殺害事件』が議題のひとつになったの。だって、ほら……」

すこし言いよどんでから、

「……ひどい裁判だった、らしいから」

とつづけた。

「被害者の母親が、公判中に心臓麻痺で、亡くなって……、一時期は、ワイドショウでも騒がれたよね」

「うん、覚えてる」

絢がうなずいた。

「被告人側の弁護士は公判中、『被害者から誘った、と被告人は主張しています』『同意の上での行為であり、エスカレートしただけだったのでは？』等々、冷笑的な言動をしつこいほど繰りかえした。たまりかねた被害者の母親は『死後まで娘を冒瀆するんですか』と叫び――心臓発作を起こして、その場で倒れた。不幸なことに、搬送さきでも蘇生はかなわなかった」

「そう。その事件」

架乃は同意し、ペットボトルに手を伸ばした。事件概要を思いだすだけで、口の中が不快に干上がった。

「……弁護士は、一貫して挑発的だった。遺族側が親族の病気などで苦労したことをあげつらい、『家族がお金に困っていると、娘さんは知っていたんですよね。親思いのいいお子さんだったそうですね』『最近は小学生でも、インターネットで出会いができる時代ですから』と、まるで被害者女児が売春していたかのようなほのめかしを何度もつづけた」

証言台に立った若い警察官が、その挑発にのって声を荒らげる場面さえあったという。怒りのあまり涙を見せた彼に、弁護士は冷ややかに言いはなった。

――ほう。そうやっていつも、感情や予断で捜査しておいでなんですね。

と。

「検察の求刑は無期懲役。でも判決は、懲役十八年どまりだった。理由は『被告人は両親が幼い頃に離婚し、小中学校でいじめを受けるなど、恵まれない生い立ちだった』こと。『遺族宛てに謝罪の手紙を書くなど、反省の念を見せている』こと。そして『アルコールによる心神耗弱状態にあった』こと……」

話しながら、架乃はめまいを感じた。

——恵まれない生い立ち？　学校でいじめられた、だって？

殺された女児に、それがなんの関係があるというのか。遺族宛てに謝罪の手紙を書いた？　それがどうしたというのだ。手紙なんて、誰だって書ける。心の中で舌を出していたって書ける。

罪もない七歳の女児が絞殺され、遺体を凌辱された。あまつさえ浴槽のへりで、遺体の前歯を叩き折られた。

遺体損壊についてテレビはさすがに自主規制したものの、週刊誌などでは報道された。とはいえ公判記録を読む限り、実際はもっとひどい損壊がおこなわれている。

——それらの罪が、手紙ごときで相殺されるなんて。

架乃は吐き気を呑みくだした。

脳が勝手に、去年のグループワークを思いかえす。

架乃のグループは男女六人だった。男子三人、女子三人の編成だ。はじめのうちは、被告人側の弁護士に否定的な意見ばかりが上がった。

しかし一人の男子学生が、強硬な肯定派だった。

「弁護士は勝つために主張しているのだから、正しい姿勢だ。依頼人の利益のために動くのが弁護士なのに、みなが批判する理由がわからない。もし自分が『多摩幼女殺害事件』の被告側弁護士だとしても、同じように弁護するだろう」

架乃はこれに反発した。

「いくら依頼人の利益のためでも、過度に挑発する必要はない。遺族を傷つける言動や、被害者を貶める発言は避けるべきだ」

しかし弁護士志望の男子学生は、架乃の意見をすべて「感情的」「女性特有の感傷」としりぞけた。

「弁護士はあくまで依頼人の代弁者。自分の感情や思想を持ちこむのはおかしい」

「依頼人が『向こうから誘った』と言うなら、弁護士はそう主張するほかない」

「遺族側の不利益は、こちらの利益。公判中は遺族は敵なのだから、敵に打撃を与える行為はむしろ賞賛に値する。それがいやだと言うなら、きみは司法の世界に首を突っ込むべきじゃない」

気づけば一人、また一人と、グループメンバーは意見をひるがえし、男子学生の側に付いていった。最終的には四対二で、彼の主張が勝った。

講義を終え、くだんの男子は晴れ晴れとした顔で教室を出ていった。しかし架乃は、最後まで納得できなかった。いや、いまでもだ。

その日のことを思いかえしながら、

「……言い負かされたから、納得できないわけじゃないの」

架乃は言った。

「負けたせいで、すっきりしなかったんじゃない。そうじゃなくて――なんて言うか、相容れない、という感じだけが残った。わたしがなにを言っても、彼には通じないと思った。会話が、成立してないと思ったの」

「そりゃあそうでしょ」

絢がバターラスクをつまみ、ひと口かじる。

「向こうは架乃ちゃんの主張を、頭っから『感情的』『女性特有の感傷』だと決めつけてんだもん。会話になるわけないじゃん」

絢は肩をすくめた。

「『感情的』って、便利な決めつけだよ。一時期『それあなたの感想ですよね？』なんてヤなフレーズが流行ったけどさ、あれって〝おれは理性的だから上、おまえは感情的だから下〟と瞬時にレッテルを貼る台詞でしょ。あれされたら、会話もディベートもそこで終わりよ。レッテルを貼ることで、向こうは相互理解のシャッター下ろしてんだもん。そのあとにこっちがなにを言おうが、耳に入るわけない」

「うん。そう」

　架乃は同意した。

「それもそうだし――。ああ、そうだ、わかってきたかも」

　指でこめかみを押さえる。

「わたし……あの男子が〝法律〟と〝人〟を分けて考えてる様子なのが、納得いかなかったんだ。たぶん彼だって、『法はなんのためにあるのか』って訊かれたら、『人民の幸福と権利を守るため。ひいては人民が住む社会と秩序のため』って、すらすら答えると思うの。でもああやっていざ会話してみると……そこには、勝ち負けしかなかった。まるで法律を使って勝負するゲームみたいに。

　目指すのは自分が勝ちとる勝訴だけ。そのために、感情はぽっかり消去される。ううん、むしろ貶められ、敵視される。……なんでだろう。人権を守るため、幸福を守るためなら、心や精神は切り離せないはずなのに、いつの間にか感情は〝法律〟にはいらないってことにされている。感情は下等なもので、遺族の悲しみも嘆きも、法律の前にはただの雑音だ、みたいな……」

「すくなくとも例の男子は、それをよしとしてるね」

絢が言った。

「しかも司法試験に受かる前の、学生のうちからよしとしてる」

「そう。彼は理想を抱かない自分をリアリストだと信じ、そんな自己像に満足してる。法律に理想を持ちこむなんて、甘っちょろいお子さまだ、とさえ思ってるはず。……もちろんわたし、彼の意見もわからないではないの。彼の主張は、一面では正しい。一人一人の感情やポリシーに付き合っていたら、きりがない。六法という規範がつくられた理由は、まさにそこだもんね」

——規範。ルール。制約。掟。縛り。物差し。

間違いなく社会に必要なもの。民主主義の世を守るもの。と同時に、万人を救えるほど完璧ではないもの。

「完璧でなくて当然だとは、わかってるの。人間が完璧でない以上、人間のつくるルールも完璧にはなり得ない。わたしだって、子どもじゃないもの。あの男子の言うことは、頭では理解できる。理想ばかり追ってもしょうがない。完璧でない法律とどう妥協し、どう折り合いを付けるか——。そこは個々のやりかた次第だ、とは」

「妥協で済むなら〝一面で正しい〟程度でも、充分だったりするね」

絢が言った。

「あくまで〝司法試験に受かった上で〟だけどさ。けど一面でも正義が施行できて、過去の判例に沿ってもいるなら、司法には充分適応してると言えるんじゃない？」

「うん。そう、そうだよね。わかってる。でも」

架乃はあえいだ。

「でもしょせん、一面は一面なの」

――法と社会と人が成す複雑な立方体の、すべての面に目をやったとき。

〝違う〟と思ってしまうの。

「すくなくとも、わたしはそう。六法全書を四角四面に守るだけの司法に、人そのものを守れない裁判に、いまだ納得できずにいる。たとえその考えが甘っちょろいと笑われようと、変わらない――というか、変われないの」

言い終え、架乃は深いため息をついた。

「ごめん。わたし、変なことばかり言ってるね。ごめんなさい」

「ううん」

絢がかぶりを振る。彼女は天井を仰ぎ、

「『被害者から誘ったと主張しています』……かぁ」

嘆息してから、低く言った。

「昔、うちも同じこと言われたよ」

と。

一瞬、架乃はその意味がわからなかった。ようやく悟り、はっと息を呑む。

「正確には、言われたのはうちじゃなくて、お母さんだけどね。十年くらい前の話」

「絢ちゃん……」

「親が離婚して、アパートに三人で引っ越したばっかだったんだ」

架乃の視線を無視し、絢はつづけた。

「水輝はまだ保育園児で手がかかったし、よけいなお金も使えなかったからさ、うち、鍵っ子だったんだよね。でも子どもなりに、注意はしてたんだよ？　親や先生の言うこと、ちゃんと聞いてたもん。鍵は必ず見えないところにしまうだとか、大人を見たら大声ではきはき挨拶をする、だとかさ」

架乃の脳裏を、いつかの女児がよぎった。

「おはようございまあす」と高らかに告げた声。風のように駆けていった、あの水色のランドセルを。

「うちが学校から帰ったら、そいつ、アパートの階段に座ってたんだよね。だから『こんにちは』って大声で挨拶したの。そのときは先生の言いつけを守ってれば、安全だと思ってたから……」

でも、そうじゃなかった――。

絢は声を落とした。

幼い絢は帰宅して、中から施錠した。水輝はまだ保育園だった。ランドセルを下ろし、テレビを点けた頃にチャイムが鳴った。

インターフォンなどないアパートだった。「どなたですか？」そう問いながらドアスコープを覗くと、ついさっき「こんにちは」と挨拶した男が立っていた。

男は言った。

「二〇四号室に住んでる友達をずっと待ってたんだけど、トイレが我慢できなくなっちゃって……。ごめんね、トイレだけ貸してもらえない？」

そうして絢は、ドアを開けた。

「困っている人がいたら助けてあげて」と、いつも先生が言っていたから。「こんにちはと挨拶すれば、悪い人は逃げていく」とお母さんに教えられたから。このお兄さんは逃げていかなかった。だから、悪い人なはずがない――。

「ドアを開けた瞬間、押し入ってきたよ」

二十歳になった絢が、そう吐き捨てる。

「あっという間だった。いま思えば、ずいぶん手慣れてたよね。実際、常習犯だったみたいだし」

絢はもう子どもではない。弱くも見えない。

だがペットボトルを握った白い手は、かすかに震えていた。

「そのときの記憶って、途切れ途切れなんだ。でもそいつが出ていくまで、『殺さないでください』って、何度も頼んだことは覚えてる。『なにも盗らないでください』とも、何度も言った。さっきも言ったとおり、離婚したてで、家にお金ないの知ってたからね。とにかく、お母さんを悲しませたくなかった。うちが死んだら、お母さんが悲しむ。お金がなくなったら、お母さんが悲しむ。それしか考えてなかった」

「そんな――そんな状況だったのに？」

思わず架乃は問うた。

「なのに、向こうの弁護士は、言ったの？」

――きみが自分から誘ったんだろう。

そう相手方の弁護士は、口にしたというのか。一人で留守番する家へ、力ずくで押し入られた小学生に。善意を踏みにじられた上、一生癒えぬ傷を付けられた、年端もいかぬ少女に。原因はおまえにある。おまえは幼い娼婦だ――と決めつけたというのか。

考えただけで、全身が震えた。

絢は答えなかった。ただ、首をすくめた。

「まあ結局、示談で決着したわけよ。……理由は、わかるよね？」

架乃はうつむいた。もちろんわかる。だが、うなずきたくなかった。

絢が窓の外を見やる。

「そんときさぁ、思ったよ。『大きくなったら、絶対に警察官になってやる！』って。警察官が公務員だってのは、もう知ってたからさ、堅い職に就けて、悪者を逮捕しまくれるなら一石二鳥だ、と思ったの」

「……いまは？」

「いまはね、検察官になりたい」

ペットボトルを、絢は膝に置いた。

「うちね、妹だけは――って思ってんの。妹とか、妹が将来産む子には、うちと同じ思いさせたくないじゃん」

親指で廊下を指す。

「このマンションだって、けっこう無理して住んでんだよね。モニタ付きインターフォンとか防カメ完備のとこって、やっぱ家賃高いもん。でもセキュリティが不安なとこに娘たちを住まわせたくないって、お母さんが……」

語尾が、消え入った。

数秒置いて、ラベンダーに染めた髪を絢が手で払う。

「……うん。だからさ、早く稼げるようになって、楽させてやんなきゃね」

とにっこりする。

「うち、バイトだって頑張ってんだよー？　あ、知ってるか」

「うん。——知ってる」

架乃は目を細め、強いて笑顔をつくった。

絢がアルバイトするネイルサロン『Selang（セラン）』には、すでに二回行った。思ったより価格が手ごろで、雰囲気もよかった。

全室が畳敷きだった。花刺繍の豪奢なレースカーテン。店主がバリやタイなどから買い集めた、色あざやかな雑貨。アンティークな日本家具。それらがインテリアとして同列に並び、ごった煮ながら奇妙な調和を成していた。

かなり流行っている様子で、絢の紹介がなければ三箇月待ちだったという。

「また来てよ」

　と絢は微笑んでから、

「あ、そういや架乃ちゃん、Ｔｗｉｔｔｅｒはじめたでしょ」

　あらためてスマートフォンを手に取った。画面をタップして、ネイルサロンのフォロワー欄を表示させる。

「このアカウントっしょ。違う？」

「違わない」

　架乃は素直に認めた。べつに隠していたつもりはない。だが、面と向かって指摘されると面映ゆかった。

「お店の情報見たくて、アカウントつくってみたの。最初は閲覧専用アカのつもりだったんだけどさ。速攻バレちゃったね」

「そりゃそうだよ。『Selang』のフォロワーで、『多摩幼女殺害事件』のことツイートするなんて、架乃ちゃん以外あり得ないじゃん」

「はは……」

　力なく架乃は笑った。確かにそうだ。

　先日、事件名で検索したところ、いまだに被害者を口汚く罵(ののし)っているアカウントを見つけたのだ。

思わず引用リプで「なにが楽しくて、殺人の被害者を誹謗中傷しているんだろ？　死者を冒瀆することで、自分の人生の寂しさがまぎれるとでも？」とツイートしてしまった。

案の定相手からは「嚙みついてくんな、ヒステリー雌(めす)」「糞フェミ」「穴のあいた孕(はら)み袋ごときが、お気持ちで男さまにものを言うんじゃねえ」と立てつづけにリプが付いた。無視してミュートで済ませたが、どうにも胸の底がざらついた。

――絢ちゃんだけじゃなく、『Selang』のほかの従業員も見ただろうか。

血の気の多い女だ、と思われたかもしれない。呆れられたかな、と内心でひっそり反省した。

「フォローしたから、架乃ちゃんもフォロバしてよ。これ、うちのアカウントね」

「わかった」

その場ですぐにフォローを返す。

ほぼ同時に、廊下を駆けてくるスリッパの足音が聞こえた。

「ねえねえ、バターラスク、まだある？」

上下ともスウェットに着替えた水輝が、部屋に飛びこんでくる。架乃は振りかえり、菓子袋を掲げた。

「うに揚げせんもあるよ。水輝ちゃん、好きだって言ってたよね？　だから二袋買っといた」

「やったあ、やっぱ架乃ちゃんだわ！　好きすぎる。付き合お、結婚しよ」

「ばぁか」

呆れ顔で、絢が妹を小突く。声を上げて笑いながら、架乃は思った。

やっぱり、いつかわたしの事情も絢ちゃんに打ちあけてみたい。もしそのときは聞いてもらえるだろうか——と。

瀬川家を出たのは、午後七時前だった。

「ごはん食べていけば？」との誘いをことわり、エントランスを抜けて、マンションを出る。

ちょうど陽が落ちかけていた。空の端が、あざやかな茜いろに染まっている。

三層のゼリーみたいだ。架乃は思った。

茜のオレンジ、夜と夕が溶けあう薄紫がかった桃（もも）、そして夜空の葡萄（ぶどう）いろ。鉄塔やビルのシルエットを飾り切りのように浮かせて、視界いっぱいに広がっている。

「ええと、電車の運行状況は……」

また上下線とも止まってないよね。つぶやきながらスマートフォンを取りだす。

途端、架乃は眉根を寄せた。

Ｔｗｉｔｔｅｒにダイレクトメッセージが届いていた。例の誹謗中傷アカウントだ。おおよそ内容の予想は付いたが、一応ひらいてみた。

まず目に入ったのは、剝きだしの男性器画像だった。殴り書きのような文章が添えてある。

「おまえの汚え×××におれのこいつをぶち込んでやる。犯したあと絞め殺してやる。殺す殺す殺す殺す女殺す殺す殺す殺す殺す殺す殺す殺す殺す」

架乃は嘆息した。

そして淡々とメッセージを削除し、相手をブロックした。

4

＊十一月十八日（土）　午後七時四十七分

電話はまだ鳴りつづけている。

客間に走った捜査員が、史緒を連れて駆け戻ってきた。

富安が無言でうながす。史緒はうなずき、腰を下ろした。金銭という実際的な話を済ませたせいか、瞳にやや力が戻っていた。

「……はい、小諸です」

富安がスケッチブックを掲げる。しかし史緒はそれを無視し、

「在登を出して！」

嚙みつくように叫んだ。

「うちの子を、電話口に出して。——出さないなら、お金は払わない」

その声はわなないていた。しかし意志に満ちていた。止めようとした捜査員を、富安が逆に手で制す。

犯人の答えはなかった。息づまるような静寂(せいじゃく)が流れた。

十秒、二十秒。

これ以上は耐えられない——と言いたげに、史緒が息を吸ったとき。

「お母さん」

スピーカーから、かぼそい声がした。

——在登くん。

思わず高比良は拳を握った。

室内の空気が、一気に弛緩する。安堵の吐息がたちこめる。

「お母さん、そこにいる？　聞こえる？」

「うん。聞こえる。ここにいるよ、在登」

在登の声は、先刻よりしっかりしていた。呂律（ろれつ）がまわっており、眠気もだいぶ覚めたようだ。

「ねえ、おうち帰りたい。ここ、もうやだ……。お母さん、早く迎えに来て」

「もうちょっとだけ我慢して。ごめん、ごめんね在登」

史緒はいまや涙ぐんでいた。眉根を寄せ、唇を嚙み、運命を呪っていた。自分たち母子をこんなことに巻きこんだ、理不尽で過酷な運命を。

「満足したか」

在登が引っこみ、ボイスチェンジャーの声に替わった。

「金は？　用意できたか」

「は、はい。いま銀行の支店長さんと、お話を」

「その話とやらはいつ終わるんだ」

「すぐです！　すぐ終えます」

史緒が急いで言葉を継ぐ。

また沈黙があった。だが今度は、長い沈黙ではなかった。犯人は言った。

「受けわたし方法は、また電話する」

彼が言い終えぬうち、

「在登に乱暴しないで！」史緒が怒鳴った。

「もしあの子になにかしたら、殺してやるから！」

だが返事はなかった。

通話は、すでに切れていた。

史緒の手から子機が落ちた。気が抜けたのか、崩れるようにテーブルに突っ伏す。客間から戻った女性警官が、史緒を脇から支えた。

「今度は幸区からでした」

逆探知係が声を上げる。

「野郎、ちょこまかと移動してやがります」

「鶴見区から幸区を、約四十分で移動したか。では車だな」

「在登くんを連れているんだから、バイクは無理でしょうね。車なら着替えや、別の帽子なども積んでおけます」

「緊急配備(キンパイ)はどうなった」

「指揮本部から、神奈川県警に話は通っているはずです。ですが……」

語尾が消え入った。

いくらスマホの普及で公衆電話が減ったとはいえ、神奈川県内の公衆電話の数はいまだ八千を超える。そのすべてに捜査員を配備するのはむずかしい。なにより、神奈川県警の共助係に強く言えぬ現状が痛かった。

「富安！」

声とともに入ってきたのは、合田係長だった。

彼は史緒をちらりとうかがってから、女性警官へ目で合図した。心得たように女性警官が

「さあ、向こうで休みましょう」と彼女を立ちあがらせた。

出ていく二人を見送って、合田が富安に向きなおる。

「見てくれ。玄関ポーチに、こいつが落ちていたそうだ」

手渡された紙片を、富安が広げる。

途端、さっと顔いろが変わった。背後から見ていた高比良も息を呑んだ。

児童ポルノだった。

動画を一時停止して印刷したのか、画像の粒子は粗い。しかし男児を対象とした暴力的なポルノであることは一目でわかった。七、八歳の男児一人に、複数の男がむらがっている。

「いつ見つけた」

「ついさっき、おれの部下が拾った。玄関まわりは警備会社の防犯カメラが撮っているはずだ。ここ一時間のデータを入手し、ＳＢＣに確認させてくれ」

「わかった」

富安が冷静にうなずく。だがその横顔は、やはり強張(こわば)っていた。

――やはり複数犯なのか？

高比良は心中でつぶやいた。

しかし、考える暇も権利もなかった。彼はこの場では一介の駒だ。考えるのは富安と岡平理事官の仕事である。他班の巡査部長に過ぎぬ高比良は、足を使って情報を拾ってくるほかない。

「敷鑑一班、出ます」

合田に低くささやいた。富安が振りかえり、「待て」と制す。

「いま指揮本部からのメールを印刷させる。これも持っていけ」

「なんです？」

「岡平理事官に、管轄交番(PB)の先代ハコ長と話してもらったんだ。現時点で得た情報のみだが、ざっと箇条書きにさせた。残りの情報は、端末に逐一送らせる」

「了解です」

三浦の肩を叩き、高比良は立ちあがった。

尾山台駅前交番に十八年居座ったという先代所長は、さすが住民の事情に精通していた。小諸家にも詳しかった。

小諸家の長男である成太郎は、父親と同じ慶應大学の法学部卒。司法試験にも一発合格した。

史緒とは見合い結婚だそうだ。やはり政略結婚に近い含みがあったらしい。

先代所長は「結婚を主導したのは、おそらく成太郎の父、昇平だろう」と私見を述べていた。その想像が的を射ているかは不明だが、昇平が死去した途端、嫁姑の仲がみるみる悪化したのは事実である。

一方、次男の功己はいまだ独身だ。

経歴も、長男に比べればお粗末である。私立の某名門高校に入学するも中退し、その後に編入した高校も中退した。現在は登紀子名義のマンションに住み、毎日ぶらぶら暮らしている。年齢は満三十九歳。

先代所長いわく「小諸家は、おしなべて女癖のよろしくない一家」だそうだ。

功己は妾腹(しょうふく)の子だという噂さえある。すくなくとも、昇平に何人か愛人がいたことは疑いがない。

登紀子は彼女らの存在を黙認していたようだ。「浮気は男の甲斐性。正妻はでんと構えていないと」が口癖だった。

さらに史緒に向かっては「妻は三歩下がって夫のあとに従うもの」「女孫はいらない。必ず男児を産みなさい」と口酸っぱく繰りかえしていたという。

三浦が印刷したメールに目を走らせて、

「マル成は学生時代は真面目でしたが、晴れて弁護士になった途端、女遊びを解禁したようです。ただし一人暮らしの経験はなく、ずっと実家住まいでした。二十代から三十代にかけて、何度か女性に怒鳴りこまれ、通報沙汰になっています」

と読みあげる。

高比良は街灯を仰いだ。

「現在のハコ長が言ってた〝自称愛人〟の騒ぎは、確か二年前だったよな？」

「ですね。結婚しようが後継ぎが生まれようが、浮気の虫はおさまらんってわけだ。基本的に、男尊女卑思想が染みついた一家なんでしょう。その感覚で性犯罪を弁護するわけですから、そりゃあ……」

「被害者たちは、たまったもんじゃないな」

「ええ」三浦は首肯して、

「とはいえ、捜査は一歩進展です。この先代ハコ長は、マル成邸に抗議に来た遺族たちや愛人をあらかた覚えているようだ。さっきのリストと照らしあわせれば、さらに容疑者を絞りこめますよ」

と犬歯（けんし）を剝きだした。

第四章

1

＊六月一日（木）　午後〇時四十八分

架乃は絢とともに、東京地方裁判所にいた。

まずは正門をくぐり、一般来庁者用の入り口を抜ける。次に、手荷物検査などの簡単なチェックを受ける。

――みんな、慣れた様子だ。

まわりを見て架乃は感心した。

世に「傍聴マニア」と呼ばれる人たちがいることは知っていた。だが予想以上の人数だ。自分以外の全員が、堂々と場慣れているように映った。

一歩中へ入ると、案内板、開廷表、タッチパネル式の端末などが並んでいた。今日どんな公判がひらかれるか、来庁者が調べられるようにである。

しかし架乃たちは、開廷表を素どおりした。

目当ての公判は、事前にネットで調べてあった。開廷時間が午後一時半であることも、三十分前に傍聴券が配られることも、だ。

【傍聴券交付情報】
日時・場所　令和×年6月1日　午後1時00分　東京地方裁判所1番交付所
事件名　住居侵入、強姦致傷　令和×年刑（わ）第17××号等
備考〈抽選〉午後1時00分までに集合場所に来られた方を対象に抽選します。

傍聴に行ってみないか、と誘ってくれたのは絢だった。

「うち、前は月イチくらいで行ってたんだよね。架乃ちゃんも行ってみようよ。けっこう勉強になるよ」

性犯罪の刑事事件を傍聴する――と聞かされ、咄嗟に架乃はたじろいだ。

絢ははたして平気なのか、トラウマの創口(きずぐち)をこじ開けるようなものではないか、と心配だった。

絢が「性犯罪事件の傍聴は人気が高くて、抽選になる」とあっけらかんと認めたことにも恐れを抱いた。

架乃は心理学者や精神科医の書いた書籍、性被害の体験者のルポルタージュを何十冊と読んできた。だから、知識としてなら知っている。

性犯罪の被害者たちの多くは、「自分の被害が大きかったと認めたくない」「なんでもないことだったと思いたい」と願う。その結果、わが身に起きたことを矮小化し、なるだけ平気なふりをする。

「いっそ百人くらいとセックスしちゃえば、あんな経験、たいしたことじゃなくなるかも」

「自分にも油断した落ち度はあったんだし、いつまでもうじうじしてたら『被害者ぶってる』『しつこい』とウザがられるかも」

彼女たちはそう考え、己を責める。トラウマを乗り越えようとあがくあまり、身を持ち崩した例も多い。

かの有名な阿部定や、アイリーン・ウォーノスがその好例だ。

初潮もまだ見ぬ少女期に強姦された阿部定は、長じて娼婦になり、愛人を殺した。祖父の友人に犯され、十五歳で出産したウォーノスは、連続殺人者になった。

それらの悲惨な例を、架乃は大量に読んできた。だからこその恐れであった。

だがそんな架乃を見透かすように、

「うち個人のことは、どうでもいいの」

と絢は言い張った。

「それよりさ、やっぱ法廷での実地の駆け引きを見とくべきだよ。架乃ちゃんさ、自分が警察官になりたいのか、弁護士になりたいのか検察官か、そこがわかんなくてずっと迷ってんでしょ？　公判で実際にどんなことが起きてるか、その中で自分がどんな役目を担っていきたいか、実際に見たほうが整理できるよ」

誠実な言葉だった。

その言葉に説得され、いま架乃は、東京地方裁判所にいる。午後の講義がない曜日を選び、電車を乗り継いで、絢とともにこの場に立っている。

「架乃ちゃん、ほら、傍聴券配るってさ」

絢が笑顔で振りむいた。


抽選には、二人とも無事当たった。

しかし傍聴席に座るまでがまた面倒だった。

まず傍聴券の当選番号を、つぶさに精査される。次にバッグを預けさせられる。

現代においても記者の撮影を許さないだけあって、一般人のスマホ持ち込みなどもってのほかである。スマートフォンだけでなく、デジカメ、ICレコーダなどの電子機器を持っていないかも逐一チェックされる。持ち込みを許可されるのは、アナログなメモ帳とペン、財布くらいだ。

一般傍聴席は、抽選を経ただけあって満席だった。

架乃と絢以外は全員が男性だ。顔見知りが多いのか、小声でささやきあっている。

「この公判を楽しみにしてたんですよ」

「やっぱり被害者の証人尋問が、一番盛りあがりますよね」

「モロ大先生ですしねえ」

などと笑顔で楽しそうだ。

架乃は嫌悪を覚えた。だが、覚えたそばから反省した。はたから見れば、わたしだって同類だ。「しょせんおまえもただの野次馬ではないか」と言われたら、ぐうの音も出ない、と。

公判がはじまった。

手錠と腰縄をかけられて入廷した被告人は、三十七歳の男性会社員。被害者は彼と同じアパートの同階に住む、二十一歳の女子大学生であった。朝に廊下などで会えば、挨拶する程度の顔見知りだったという。

罪状は〝住居侵入、強姦致傷〟。

被告人は今年の一月、廊下で偶然顔を合わせた被害者に「寒いからきみの家に入れてよ」と冗談を言った。被害者は「それはちょっと」とやんわり拒絶した。

その場はすんなり去ったものの、被告人は帰宅してから腹を立てた。

「あの態度はないんじゃないか」「冗談のわからない女だ」「おれに恥をかかせやがって」等、被害者の女性に反感を抱いた。

その反感は、二箇月後の三月に爆発した。

酔って帰宅した被告人は〝酒の勢いで〟ベランダ伝いに被害者の住居へ侵入した。

被害者はすでに眠っていた。しかし掃き出し窓のガラスが割られる音で目を覚まし、侵入者に気づいた。

怯える被害者を、被告人は「騒いだら殺す」などと脅し、殴打の末に強姦。二時間にわたる暴行によって、被害者に全治一箇月の怪我を負わせた――というのが、事件のあらましであった。

法廷のモニタに証拠書類などが映しだされていく。

検察官が、淡々とそれらを読みあげる。

その時点で、架乃はかるい吐き気を感じていた。胃のあたりがざわつく。みぞおちで、不快感がとぐろを巻いている。

法廷の圧迫感。効きすぎの空調。背後から漂う、柔軟剤のきつい香り。機械のように無表情な裁判官。傍聴席からときおり聞こえる咳と、くすくす笑い。

そのすべてに苛立つ。神経がささくれ立ってたまらない。

膝に置いたペンを、架乃は握りしめた。


一時間後、架乃は霞ケ関駅の女子トイレにいた。

いまだ止まらぬ吐き気をもてあまし、個室にうずくまっていた。

——気持ち悪い。

ウェットティッシュで口を拭う。

やはり来なければよかった、と思う。だがそれと同じくらい「来てよかった」とも思った。

——書籍でない生(なま)の事件に触れ、生の公判の空気を味わった。

得たものは、大きかった。反面、「閉廷まで耐えられるだろうか」と何度もあやぶんだ。

途中からは、隣の絢と手を握りあっていた。お互いの震えが、冷えた汗が、むしょうに心強かった。

傍聴席のささやきどおり、被害者は出廷してきた。

ただし、遮蔽措置が取られた。被告人と顔を合わせながらでは証言できそうにない、と裁判所が認めた証人に取られる措置である。間に衝立などを置き、怯える証人を守るのだ。

被害者女性の姿は傍聴席からも隠された。だが顔は見えずとも、その声の震えから、傷はすこしも癒えていない、いまでもＰＴＳＤのただ中にいると伝わってきた。

そんな彼女に、弁護士ははじめから終わりまで威圧的だった。

四十代はじめだろうか、仕立てのいいスーツを着こなし、縁なし眼鏡をかけた弁護士は滔々と主張した。

「事件のはるか前から、被害者は被告人に対し好意的でした」

「被告人が恋情を誤解してもおかしくない、気を持たせるような態度を取っていました」

はたまた彼は、被害者が苦学生であることをあげつらい、

「慰謝料が入ったら学費が払えますね？」

「この法廷に立つまで、金銭について一度も念頭に浮かびませんでしたか？」

等々、金目当てに虚偽の訴訟を起こしたのでは？　と幾度も匂わせた。被害者を怒らせ、失言を引きだそうとしているのは素人目にもあきらかだった。

しかし傍聴席からは、

「来た来たぁ」

「大先生の名調子だ。待ってました」

と歓迎するかのようなささやきが湧き起こった。

——娯楽なんだ。

架乃は苦い思いを嚙みしめた。

被害者女性の痛みも悲しみも、彼らにはただの娯楽なのだ。

テレビのドキュメンタリー番組のごとく消費できて、いっときの退屈を癒すエンタメでしかない。中には衝立の向こうを覗こうとして、裁判長に叱責される傍聴人までもいた。

——衝立のあちら側にいる被害者が、どれだけ怖いか。顔を見られるかもしれないことが、どれだけの恐怖か。

彼らにはそんなこと、どうだっていい。

だって娯楽だからだ。そして弁護士にとってはただの仕事だ。こなしていくべきノルマであり、一件いくらの商売でしかない。

被害者は懸命に語った。

「何度も何度も、向こうの弁護士に、電話で恫喝されました」

「わたし本人のスマホや、実家だけじゃありません。大学やバイトさきにまでかけてきて、『示談しろ、早く示談しろ』って……。バイトさきの店長に『なぜ弁護士事務所から、あんなにしつこく電話が来るんだ』と訊かれて、わたし、答えられませんでした……」

そして彼女は「店に迷惑はかけられない」と、泣く泣くアルバイトを辞めた。

学業と並行して、二年間働いてきた店だった。苦学生の彼女にとっては、身を切られるような決断であった。

彼女は証言台で何度も「厳しい罰を望みます」と繰りかえした。

一方、弁護士は淡々と仕事を進めた。

「被告人は反省しており、まだ三十代で未来のある身」

「被告人は中学生の頃に部活の先輩からいじめを受けており、心に深い傷を負ったことは、充分な情状酌量の理由になります」

そう主張した。

また弁護士は、被害者の身元を特定できそうな単語を――大学名や最寄り駅などを〝うっかり〟を装って幾度も口にした。

あまりにも目にあまるときは、さすがに裁判官が注意した。しかし架乃の耳には「おざなりな注意」としか響かなかった。

肝心の被告人はといえば、ずっと退屈そうに脚を揺すっていた。ときにはあくびすることさえあった。まるで他人事に見えた。

——被害者の彼女だけが、孤軍奮闘している。

そう映った。味方の検察官さえ、被害者に寄り添ってはいない。検察官は検察官で、彼の仕事をこなしているだけだった。

——彼女は、わたしだ。

しばらく前に、駅構内で覚えた感情がよみがえる。

彼女はわたしと同じだ。わたしだって〝あの事件〟で、あんなふうに証言台に立たされたかもしれなかった。

だがさいわい、架乃は証人喚問をまぬがれた。架乃の証言がなくとも実行犯の有罪はあきらかだったから、と聞かされている。だが実際のところはわからない。父が尽力してくれたのかもしれないし、もっと別の理由かもしれない。

——でも、もし出廷していたら。

わたしも〝孤軍〟になったんだろうか。

あんなふうに衝立の向こうで、声を震わせ、言葉に詰まり、それでも気丈であろうとしていたのか。

胸が痛かった。被害者の女性が冷静でいよう、理性的でいようと努めているのが伝わって、だからこそつらかった。

彼女は気を張っていた。泣くものか、と己に強いていた。最後の最後まで、「厳罰を望みます」とはっきり繰りかえした。

しかし、彼女が退廷しようとした瞬間だ。なぜか被告人が腰を浮かせ、衝立の向こうに「ねえ」と声をかけた。

「ねえ。気持ちよかったよ」

けして大きな声ではなかった。悪意のかけらもない表情であり、声音だった。

それだけに架乃は息を呑んだ。まるで「その服、似合うね」とでも告げるかのような、邪気のない口調であった。

裁判官が「勝手な発言は慎むよう――」と注意しかけた、そのとき。

被害者女性が泣きだした。

耐えに耐えていたものが決壊したような、しかし押しころした嗚咽だった。低いすすり泣きが法廷に響く。

同時に架乃の背後から、くすくす笑いが起きた。例の傍聴マニアたちである。

彼らは楽しんでいた。被害者の悲嘆を、絶望を、あますところなく楽しみ、骨までしゃぶって消費しようとしていた。

――死ねばいい。

架乃は思った。

こいつら全員、死ねばいい。殺してやりたい。

もしいまここに銃があったなら、わたしは迷うことなく乱射するだろう。衝立の向こうの彼女が退廷した瞬間、全員を撃ち殺してやりたい。

むろん、妄想に過ぎなかった。

架乃は銃など持ってはいない。膝にあるのは、ペンとメモ帳だけだ。そして左手は、絢の手を握っていた。指さきが血を透かして赤くなるほど、二人はお互いの手をきつく握りしめていた。

――それが、約二十分前のことだ。

架乃はいま一度口を拭き、トイレの汚物入れにウェットティッシュを捨てた。衣服を整え、立ちあがる。

個室を出て、念入りに手を洗った。絢はいなかった。おそらくトイレを出て、通路で待っているのだろう。蛇口をひねって水を止める。

顔をあげた刹那、くらりとした。

足に力が入らない。体がかしぐ。膝がかくりと折れた。

だが架乃は倒れなかった。すぐ横にいた女性が「あっ」と声を上げ、手を伸ばして支えてくれたのだ。

「す、すみません」

架乃は慌てて謝った。

知らない人相手に、迷惑を――と、羞恥(しゅうち)で頬が火照った。

母親と同年代の女性に見えた。服装もバッグも、シンプルなのに品がいい。見下ろしてる瞳がやさしい。ふわりといい香りが鼻さきをかすめた。

「気分が悪いの？　大丈夫？」

「は……はい、すみませんでした。ありがとうございます」

「ちょっと待って」

架乃を立たせてから、女性がハンカチを水で濡らし、かるく絞った。

「これ、みぞおちに当てて冷やして。すこしはよくなると思う」

「あ、でも、そんな……」

「返さなくていいからね。気にしないで」

にこりと微笑んで、去っていく。

架乃はいま一度「ありがとうございます」と、その背に声をかけた。

――そうだ。世の中にはやさしい人だっている。

法廷で悪意に触れた直後だからか、他人の親切が身に染みた。ほのかに胸がぬくもる。扉が閉まっても、まだ女性の芳香が残っている気がした。

ヴァニラとフルーツを混ぜたような、しっとりと甘い香りだった。


「架乃ちゃん、胃、平気？」

「平気。吐いたらお腹すいちゃった」

「ヤバ、たくましー」

二人は丸ノ内線で御茶ノ水まで出て、行きつけのドトールに座っていた。

やはり慣れた店は安心できる。頼んだメニューも、アイス黒糖ラテ、豆乳ラテ、海老とサーモンのミラノサンドと、まったくもって〝いつもの〟ラインナップだ。

「ごめんね、怒ってる？」

豆乳ラテをスプーンでかきまぜ、絢が言う。

「なにを？」

「傍聴に連れてきたこと」

「まさか。怒るわけないでしょ」

架乃は手を振った。

「感謝してる。ありがとう」

ウインドウの向こうは雨模様だった。

雨のフィルターを通すと、世界はすべて灰いろがかってくすむ。ビル群も人も、ビニール傘も、信号の青い光でさえ、なにもかもが味気なく沈んで映る。

「うちがはじめて傍聴したのはさ、二年前なの」

ネイルを気にしながら、絢が言う。

「架乃ちゃん、『大学生居酒屋準強姦事件』って覚えてる？」

「あ、ええと……主犯の一人が、何度目かの逮捕だって話題になった事件だよね？」

「そう。四度目の逮捕だったけど、そのときも示談が成立して不起訴になった。主犯側の顧問弁護士は、コモロ先生」

「コモロ……」

架乃は思わず復唱した。覚えのある名だ——と考えかけてはっとする。

「あ、今日の弁護士がコモロ先生だったね？　そういえば今日の被害者女性も、しつこく示談を迫られた、って言ってたっけ」

「うん。うち『大学生居酒屋準強姦事件』の報道を見て、公判を傍聴してみようって思ったの。コモロ先生の弁護を、この目で見てみたかった。でもどの事件を担当するのかわかんなかったし、性犯罪の刑事事件に絞って、二箇月くらいランダムに通ったわけ。そしたら、十四件目でやっと会えた」

絢の声音は穏やかだった。

「知ってるよね？『多摩幼女殺害事件』の被告人を弁護したのも、小諸成太郎だよ」

「あっ」

手の力が抜け、あやうく架乃はミラノサンドを落としそうになった。

ようやくすべてにぴんと来た。そうだ。『多摩幼女殺害事件』の担当弁護士だ。いつも紙面で〝小諸成太郎弁護士〟の字面だけ見ていたから、「モロ大先生」「コモロ先生」の響きと繋げるのが遅れた。

「……だから、なの？」

食べかけのミラノサンドを置いて、架乃は尋ねた。

「絢ちゃん、だから今日の傍聴に誘ってくれたの？　わたしに『多摩幼女殺害事件』の弁護士を見せるために？」

「べつにそれだけじゃないよ。うちも今日の公判、傍聴したかったし」

「でも――でも、絢ちゃん」

言葉が胸のあたりでつかえた。

「証人尋問とか、つ、つらくなかった？」

「そりゃつらいし、しんどいよ」

絢が肩をすくめる。

「でもうちさぁ、自分を〝かわいそう〟の位置に置きっぱなしにしたくないんよね」

店のウインドウを、雨が叩いた。

「あのときの自分を〝かわいそう〟なままにしておきたくない。いったんそこに自分を置いちゃうと、〝かわいそう〟から動けなくなるもん。自己憐憫って、言っちゃやなんだけど、それなりに居心地いいからさ」

――わかる。

架乃はうつむいた。

弟が殺されたとき、架乃はまわりじゅうから同情された。彼女自身が被害に遭ったときもそうだ。腫れものに触るような扱いを受け、気遣われた。居心地悪い反面、ある意味ではひどく楽だった。

〝被害者〟でいればよかったからだ。

その立場に甘んじてさえいれば、まわりが勝手に気をまわしてくれた。世界から隔絶された、安全な殻の中にいるようなものだった。けれど、架乃はその殻を内側から破って飛びだした。

――自分を〝かわいそう〟なままにしておきたくない。

わかる。痛いほどよくわかる。絢の言葉は、架乃の言葉でもあった。

「けどさ、自分がされたことを、『あれはたいしたことじゃなかった』なんて、すり替えて生きてくのもヤなの」

絢がつづける。

「かといって『なんであのときドアを開けちゃったんだろう。用心が足らなかった。馬鹿だった』って自分を責めるのは、もっといや。架乃ちゃん、うちの言ってること、わかる？」

「わかるよ」

架乃は深くうなずいた。そして告げた。「絢ちゃん、強いね」と。

「強くなんかないよ」

絢が苦笑する。

「こんなふうに『いや』って言えるまでに、すっごい時間かかったもん。だって『いや』って、感情じゃんか。感情を生のまま口に出すのは、みっともないと思いこんでた。とくに、こういう……」

絢が息継ぎをして、

「こういう、デリケートな問題、では」

言いづらそうに締めくくる。

「うん」架乃は短く応えた。

わかるよ、伝わってるよ、と目で訴える。言葉で伝えるのは、空疎な気がした。

「架乃ちゃんさ、『法律に感情はいらないことにされてる』って言ってたよね。そこが不満なんだ、って」

絢が幾度も指を組みかえる。きれいな爪、と架乃は思った。

今日の絢はつやのあるボルドーのネイルに、大きめのスワロフスキーをあしらっている。目が吸い寄せられる美しさだった。

「でもうちも、昔はいらないと思ってた。だってさ、被害者が声を上げたら――ちょっとでも強めにもの申したら、そのたび『感情論に過ぎない。そうヒステリックになられては、議論にならない』とかって封じられてきたじゃん？　だから……だから自分の意見だけ言うんじゃなく、両論併記して、相手の言葉も呑んで、理性的なふるまいをしなきゃ、って思いこんでた。それを実績として積み重ねていけば、いつか通じる、わかってもらえる、評価されて報われるんだ、と思ってた」

「……過去形、なんだね」

架乃は低く言った。

〝思ってた〟なんだ。とうに過去形なんだね――と。

架乃はウインドウの向こうに目をやった。

雨が激しさを増している。世界と架乃たちの間に、水煙で薄膜ができている。ガラスにぶつかった雨の雫がゆがみ、かたちを変えて、細く長く流れていく。

「弟が、ね。――殺されたの」

気づけば架乃は、喉から言葉を押しだしていた。

「ただ殺されただけじゃ、ない。何人もの男に乱暴されて、ひどいことされて、弟は、骨になって帰ってきた。その数年後、わたしも同じ主犯に誘拐された。……でも、わたしは、生きて戻ってきた。なぜ帰ってこられたのか、いまでもわからない」

「帰ったことに、罪悪感がある？」

「うん」

架乃はうつろに首肯した。

罪悪感なら、もちろんある。生き残ってしまったこと。結局、傷ひとつ負わなかったこと。母も父も、弟の善弥にこそ生きていてほしかったはずなのに。あの子は、浦杉家の宝だったのに。

――でも父は、わたしを選んでくれた。

いまも生きていられるのは、その事実があるからだ。〝あの事件〟で、父はわたしを選んでくれた。

たとえ母が、わたしの生を望まなくても。生きているわたしの背後に、弟の死ばかり見ていても。

父の選択があったから、かろうじてわたしは生きていける。

「誰だって、泣きわめきたくなんかないよね。理性的で、いたい」

架乃はあえいだ。

「でも——でも、つねに理性的で、感情を抑えていたら、誰も被害者の声なんか聞きはしない。静かな被害者は、社会に都合がいいもんね。ひとたび声を上げれば、おまえはヒステリーだ、馬鹿だ、利巧じゃないと謗られる」

架乃は声を引き攣らせた。

「被害者が黙っているのは、声高に主張しないのは、これ以上傷つきたくないから。でも、声を上げなければ、無視されるだけ——。誰も、わたしたちの声なんか聞きたがらない」

「うちが聞くよ」

絢が言った。

「うちが、架乃ちゃんの声を聞く。だから架乃ちゃんはうちの声を聞いてよ。——それじゃ、駄目かな？」

「……駄目じゃ、ない」

架乃は目じりを拭った。鼻の奥がつんと痛む。

「駄目じゃないよ……」

限界だった。架乃は両の掌で顔を覆った。

胸が苦しい。息が詰まる。喉もとに小石がつかえ、目の奥から湧いてくる熱いものをこらえるので精いっぱいだ。

だがその瞬間、なぜか架乃は先刻の女性を思いだしていた。

洗面台の前で倒れそうになった架乃を、横から支えてくれた親切な女性だ。もらったハンカチから、彼女の匂いが架乃の指さきに染みついていた。

――ヴァニラとフルーツの、しっとりと甘い香り。

それはいつか嗅いだ、〝ＫｉｋＩ〟こと浜真千代の香りと、よく似ていた。

2

＊十一月十八日（土）　午後八時十九分

高比良と三浦は、あるアパートを訪ねていた。

ワンルームながら清潔に片付いている。目の前には、やや青ざめた頰の女性が座っていた。歳の頃は二十六、七歳か。部屋着らしいワンピースに羽織った、カーディガンのグレイが寒ざむしい。

高比良たちが「家の中でお話を」と持ちかけたのではなかった。警察手帳を見せた途端、

「玄関さきだとご近所に声が響きます。中で、お願いします」

と彼女のほうから申し出たのである。

本来ならば、このアパートに来る予定はなかった。リストに載った遺族らのアリバイを順に確認していくはずだった。

しかし高比良たちが小諸邸を出てわずか二十分後、持たされている専用端末が鳴った。指揮本部からであった。

『本部から敷イチ。マル成邸の玄関前で二年前に騒いだという〝自称愛人〟の身元が判明。彼女を保護した玉川署生安課に記録が残っていた。GPSによれば、貴局がもっとも該住所に近い。住所の詳細を送るから向かってくれ』

『敷イチ了解』

そうしていま、彼らは小諸成太郎の〝愛人〟宅にいる。

いや、〝元愛人〟だろう。お世辞にも豪奢な暮らしぶりではない。生活の基盤が、毎月のお手当てでないことは明白だ。壁のカレンダーには、仕事のシフトらしき数字がこまごまと書き込まれていた。

「今日の午後はなにをされていました？」三浦が訊く。

「十時から六時まで、ずっと仕事でした」

彼女は淡々と答えた。

吉祥寺のショップで、週五日のフルタイム勤務だという。同僚、客、タイムカードと、証人も物証も揃った文句なしのアリバイであった。

用事はこの時点で済んだ。いとまを告げてもよかった。

しかし高比良たちは、その場にとどまった。

ひとつには、彼女が「なぜわたしの家に？」「どうしてそんなことを訊くんです？」と訝る様子を見せないこと。もうひとつは、彼女が二年前に玉川署生安課に保護された際、女性警察官に語った背景がゆえだった。

――この女性も、性犯罪の被害者だ。

そして小諸成太郎弁護士の働きによって、被害届を断念したうちの一人であった。

「お茶とかって、警察の人に出しちゃいけないんでしたっけ？　確か賄賂扱いになるから、みたいな……」

薄く笑みながら彼女は言い、抑揚なくつづけた。

「小諸先生、刺されでもしました？」と。

「なぜそう思うんです？」

三浦が即座に問いかえす。彼女は笑みを広げた。

「だって警察の人が来る心当たり、ほかにないですもん。先生、いつ刺されても不思議じゃない人だし……。やったのは女性ですか？　先生、死んだの？」

その問いを無視して、

「一昨年の七月、あなたは小諸成太郎さん宅の前で『出てこい』『人をおもちゃにしやがって』等の大声を出し、通報されていますね？」

三浦は言った。

「その後、小諸さんとは会いましたか？」

「いえ、一度も」

「それ以後の付きまといは？」

「……二箇月くらいは、うじうじしてました。でも諦めて、別れました」

答えてから、彼女はかぶりを振った。

「ううん。別れたというか――〝憑(つ)きものが落ちた〟が正解かな。目が覚めたんです。いまとなれば黒歴史ですよ。消したい過去です。あんな男と、いっときでも男女の仲だったなんて……。全部、なかったことにしたい」

彼女を保護した玉川署生活安全課員によれば、彼女は二十二歳のとき、性犯罪の被害に遭っている。

アルバイトから帰る途中、後ろから走ってきたワゴン車に当てられ、倒れたところを拉致されたのだ。ワゴン車には男が四人乗っていた。彼女が解放されたのは、ゆうに五時間後のことだった。

「絶対、許さないと思った」

彼女は頬をゆがめた。

「全員、死刑にしてほしかった。……それが無理なら、せめて全員、刑務所送りにしたいと思ってました。でも、現実には……」

「示談に応じたんですね？　小諸弁護士に言われて」

「そうです。わたし――わたし、怖気(おじけ)づいたんです」

語尾が、悔しげに震えた。

「法廷で証言台に立たされること。傍聴人の目の前で、また一からすべて話さなきゃいけないこと。反対尋問で小諸先生にねちねちと責められ、嘘つき呼ばわりされること。そのすべてに、怖気づいてしまった……」

耐えられるのか？　と、彼女は幾度も小諸成太郎に訊かれたという。

そんな扱いに、あなたは耐えられるんですか？　わたしを相手に、公判で平然と証言できる自信がおありですか？　と。

「……屈辱でした」

彼女は声を落とした。

「示談になったあとも、屈辱でした。——わたし、犯人どもと同じくらい、小諸先生を憎みました。呪い殺してやりたいと思った。ばちが当たりますように、って、毎日神に祈りました。あいつら全員に、早くばちが当たってくれ。苦しんで苦しんで死んでくれ、って」

「なのに数年後、あなたは小諸弁護士の愛人になった？」

高比良は尋ねた。「なぜです」

「なぜって……」

彼女は数秒、絶句した。

そしてゆっくりと顔をそむけた。

「なぜって……。そこを、その理由を……やっと自覚して、言語化できたのは、つい最近です。それまでは、自分でもわかりませんでした。どうしてあんな男と付き合ったのか。たとえ短期間でも、好きだと錯覚し、依存するまでになったのか……。わたし、この二年間、カウンセリングに通ったんです。カウンセリングで、しゃべって、しゃべって、精いっぱい言語化して――それで、やっと納得できたばかりです」

「では、聞かせていただいていいですか？」

高比良は言った。

「あなたが自覚し、納得したというその〝理由〟を」

彼女の喉が、ごくりと上下した。まぶたをきつく閉じ、またひらく。

「うまく、説明できるか、わかりませんが――」

喉から声を絞りだすように、彼女は言った。

「事件から、数年経った頃――小諸先生と再会したんです。偶然でした。ほんとうにそこは、偶然だったはずです。お互い、相手が誰か、すぐわかった」

当時の彼女は重いＰＴＳＤに悩まされていた。

頭痛。吐き気。不眠。夜驚（やきょう）。突然涙が湧いて止まらなくなる発作。自傷行為。過呼吸。そしてアルコールへの依存。

当然、昼の仕事はできなかった。なかば捨てばちな気分で、彼女は五反田のナイトクラブの面接を受けた。

その後はほぼ数箇月おきに店を替わり、小諸成太郎とは、北千住のキャバレーで再会したという。

「『先生でもこんな安い店に来るんですね』って、皮肉のつもりで言ったんです。そしたら、向こうはなんて言ったと思います？　『出よう』だって。『いっしょに出よう。こんな店、すぐに辞めなさい。きみはこんなところにいるべき人じゃない』って……。ふざけてんのか、この野郎、と思いました」

ははは、と乾いた声で笑う。

「誰のせいで、その〝こんなところ〟にいると思ってるんだ。ふざけんな、ってね。水割りを、思いっきり顔にぶっかけてやりました。なのに」

「なのに？」

「なのに――、小諸先生は帰らなかった。気づいたら、わたし、小諸先生相手に長々としゃべって、訴えていました。べろべろに酔って、それまでの恨みを全部ぶつけて、こんなにつらかったんだ、どうしてくれるんだって怒鳴って……。しまいには先生の膝にすがって、わんわん泣いてしまった」

その夜から小諸弁護士は、月に二、三回の頻度で店に来るようになったという。

小諸弁護士は必ず彼女を指名した。支配人には「高いボトルを入れる上客だ。絶対に逃すな」と厳命された。

「もちろんいやでしたよ。いやだったけど……、逃げられないなら、いっそカモにしてやろう。絞りとってやろうと思いました。馬鹿ですよね。相手は言葉のプロで、口じゃかなうわけがない……。わたしみたいな小娘の、付け焼刃の手管で、どうにかできる相手じゃなかったのに」

でも先生は、演技も巧かった――。

彼女はかぶりを振った。わたしごときにだまされてくれそうな、ちょろい男のふりをすることさえ巧かったのだ、と。

「先生に、何度も言われました。『きみはほかの女性とは違う。はじめて見たときからわかってた』『きみは利巧だ。うちの妻とは大違いだ』って。それを何度も何度も聞かされるうち、わたし、真に受けるようになっていた。自分は利巧で、そんじょそこらの女とは違うんだ。世間を上手に渡っていけるんだ。男なんか、掌で転がせるんだ――みたいに、すこしずつ勘違いしていったんです」

自嘲をこめて彼女はつづけた。

小諸先生と付き合っている間、自分が強者側にまわれた気がした。もう踏みつけにされる側ではなくなったんだと思えた、と。

しょせん女は、強い男に媚びるのが一番なんだ。これができる女こそが利巧だ。わたしはいま、巧く立ちまわれている。同じようにできない女は愚かしい。長いものに巻かれて生き、清濁併せ呑むのが、大人の女の作法じゃないか——。

「そんなふうに、本気で思ってたんです。馬鹿でしょ？」

いま思えば、彼に抱かれることは自傷行為のひとつでした。

そう彼女は、淡々と認めた。

「小諸先生とセックスするたび、なにも感じなくなっていきました。すこしも気持ちよくなかった。それが、嬉しかった。『ほら、やっぱりセックスなんてたいしたものじゃないんだ』って思えた。わたしがやつらにされたことなんて、たかがセックスだ。大げさに騒ぐことじゃない。忘れていいんだ。なかったことにしていいんだ……。そう、思えました」

そんな日々の果てに、彼女は捨てられた。

ある日突然、小諸成太郎と連絡が付かなくなったのだ。電話もＳＮＳもブロックされた。

飽きられたのだ、と気づくまでに一箇月以上かかった。

「小諸邸の玄関前で騒ぎ、通報されたのがその頃ですね？」

高比良は尋ねた。

「そうです。でも、逮捕はされなかった。保護されました。女性警察官の一人が、親身になってくれて……、心療内科を紹介されたんです」

「それで、カウンセリングを？」

「ええ。さっきも言ったように、当時の自分を最近やっと言語化できたところなんですよ。カウンセリングの先生には『グルーミング』って言葉を教えてもらいました」

「グルーミング？」

三浦が問いかえす。

彼女は苦笑した。

「正確には、大人が未成年に対して使う手口なんですけどね。でも説明されたとき、ああこれだ、と思いました。わたしが小諸先生にされたのは、これだって」

グルーミングとは本来、〝動物の毛づくろい〟を指す言葉だという。

あたかも毛づくろいするようにやんわりと近づき、少女を癒すふりをして甘言で取りこむ手管である。この場合、加害者は地位ある成人男性のことが多い。

「レイプされて自己肯定感がどん底だったわたしに、『きみは利巧だ』『理解してあげられるのはぼくだけだ』と小諸先生は吹きこんだ。特別扱いした。わたしをおだてあげ、まわりをけなして選民意識を植えつけることで、同時にわたしを孤立させた。いま思えば、あの頃のわたし、先生しか頼る人がいませんでした。先生の言うとおり、まわりの同性はみんな馬鹿だと思い、見下していた。孤立するよう仕向けられていたのに、ちっとも気づかなかった……」

悲痛な吐露だった。

その震える声を聞きながら、高比良は「なるほど」と思っていた。

なるほど。小諸成太郎という人物が、ようやく実像を結んできた。こいつは想像以上にたちが悪い男だ――と。

女性に不自由しているわけでもないのに、見知った元被害者をわざわざ狙うあたり、そうとうにゆがんだ性嗜癖を感じさせる。

「……先生、死んだんですか？」

彼女は、濡れた目を上げた。

「刺されたんですか？　犯人は女性？　それとも、被害者遺族のかた？」

「すみません。捜査中の事件の質問にはお答えできません」

三浦が答えた。

「でも捕まったら、テレビで報道されるんですよね？」

目じりを拭い、彼女が言う。

「そのニュース、早く観たいな……。きっと誰かが、犯人さんのために減刑嘆願書を集めるって声を上げてくれますよ。何千筆と集まるでしょうね。……そうなったらわたしも、必ず署名します」


アパートを出ると、専用端末に指揮本部からメールが届いていた。

「さっきの電話、逆探知の結果が出たそうだ」

高比良は三浦に告げた。

「幸区にある、昔ながらの煙草屋からだった。店さきに置かれた公衆電話を使ったらしい。むろん防犯カメラはなしだ」

煙草屋には七十代の女主人が常駐していた。彼女の証言によれば、

「メビウスを二箱買って、そこの電話を使っていったよ。子どもがかぶるような、アニメキャラの付いた帽子を深くかぶってた」

「顔は見えなかったね。特徴？　さあ。変な帽子ばっかり目に付いたから、ほかのことは覚えてないよ」

だそうである。

また、女主人はこうもはっきり証言した。「子ども？　連れてなかったよ。一人だった」

三浦が眉根を寄せる。

「では電話口の在登くんの声は、録音だったんでしょうか？」

「かもな。通話の音声データは、ＳＳＢＣが超特急で分析中だ」

犯人は電話を切るやいなや、路上駐車していた白い車に乗って去ったという。

煙草屋の女主人は車に興味がなく「どれも同じに見える」だそうで、車種は不明。かろうじて「軽ではなかった」という証言を得ている。ナンバーもむろん不明。

「付近の防カメは？」

「コンビニなどがない通りで、駅からも遠かった。よく下調べしてやがる」

ナンバーがわかればＮシステムが使える。しかし〝軽でない白い車〟程度の情報では、どうしようもない。

図書館や総合病院の防犯カメラデータも入手済みだが、絞りこめるだけの情報はいまだに得られていなかった。

「わざと目立つ帽子をかぶって目を惹き、ほかに注意がいかないようにしてますね。そして帽子はその都度変える。よくある手ですが、効果的です」

気持ちを切り替えるため、二人は手近な牛丼屋に向かった。

不満と焦燥は募れど、腹は減る。空腹は人をマイナス思考にさせる。食えるときに食っておかねばならなかった。

牛丼屋の幟（のぼり）が風にはためいている。

戸口に差しかかったところで、高比良はスマートフォンを取りだした。

「食う前に、係長に報告を済ませとくよ。おまえ、さきに入って注文しててくれ。おれは並盛りな」

三浦に頼んでから、合田の番号を鳴らす。

「おう、高比良か」

合田はわずか二コールで出た。高比良はざっと報告を済ませ、

「マル成とは、まだ連絡が付かないんですか？」

と訊いた。

「まだだ。というかべつの筋から入った情報では、マル成がバンコクで抱えている案件は、当初の情報よりややこしいらしい」

「と言うと？」

「顧客が離婚係争中なのは、嘘じゃないようだ。しかしタイ人女性と結婚した次男とやらが、どうも向こうの警察署に拘束中らしくてな」

「拘束中？」

高比良は周囲に目を配り、声をひそめた。

「なにをやらかしたんです」

「お馴染みのアレさ。昨今のタイ政府は児童買春に厳しいってのに、昭和で意識の止まったおっさんと、その子孫が問題を起こしてくれる。くだんの次男坊は、まだ三十代なのにな……」

情けない、と言いたげに合田が嘆息する。

「てなわけで、マル成は通訳を通しつつ、タイ警察相手に奮闘中の可能性が高い。暴力的な児童ポルノの所持どうこうの噂もあるしな。まあ、連絡が付かんものはしかたない。おれたちは引きつづき、誘拐事件の捜査をするだけだ」

いったん息継ぎをし、合田はつづけた。

「それより新情報があるぞ。小諸功己だ」

「功己……。マル成の弟ですね」

「そうだ。一応洗ってみたところ、功己は三十一歳から三十五歳までの四年間、父親の昇平名義のマンションに住んでいた。現在は池袋在住だが、当時の住民票は横浜にあった。わかるか？　神奈川県横浜市だ」

——神奈川。

高比良は息をつめた。送話口にささやく。

「ではやつには、誘拐犯に相当する土地勘がある……？」

「そのようだ。まだ、やつに容疑を絞ったわけじゃないがな。とはいえ先にも言ったとおり、功己は小諸家の落ちこぼれだ。子どもの頃から兄と比べられるわ、妾腹の子なんぞと噂を立てられるわで、かなり鬱屈していたらしい。おまけに功己が実家を追いだされたのは、マル成の意向だという噂もある」

「マル成が？――ああ」

すぐに合点し、高比良は言った。

「兄嫁がらみですか」

「そうだ。信憑性はまだ不明だが、すくなくともご近所界隈では『功己が家を出されたのは、史緒に手を出そうとしたから』ってのが定説だ」

「功己は現在、三十九歳でしたっけ？　兄に対する長年の恨みが爆発したのかな。実弟ならマル成がいつ家を留守にするか、在登くんが何曜日の何時に一人になるかも、すべて把握できたでしょうね」

高比良はしばし考えこんでから、

「――あれ以後、犯人から電話はありましたか？」と問うた。

「ない。なしのつぶてだ」

「では身代金の要求も……」

「まだだ」

苦りきった声で、合田は答えた。

「おかしいよな。金目当てなら、もっとがつがつ頻繁に連絡してくるはずだ。やはり怨恨の線が強くなってきやがった。おまえのさっきの報告を聞くだに、マル成は性的異常者だ。やつに恨みを抱く人物のリストは、増えるばかりだ」

「煙草屋の公衆電話に、在登くんを連れていなかったのも気になりますね」

「そのとおりだ。もしあのときの音声が録音データで、マル成への強い恨みが動機だとしたら……」

合田が言葉を切る。

つづきは聞く必要がなかった。高比良もまた、聞きたくはなかった。

——在登くんの生存率は、かなり低まる。

高比良は地面を蹴った。

あったはずの食欲は、とうに失せていた。

3

＊六月十二日（月）　午前八時十六分

その日の架乃の朝食は、カップアイスではなかった。

コンロにかけた片手鍋の中で、お湯が沸騰しつつある。まるい気泡がふつふつと無数に生まれ、浮かび、見る間に大きくなっていく。

架乃はコンロの火を止めた。

片手鍋を持ちあげ、滅多に使わない汁椀に傾ける。インスタント吸い物の粉末を、あらかじめ入れておいた汁椀だ。熱いお湯で一気に溶かしてしまう。

次いで、架乃はロウテーブルにランチョンマットを敷いた。同じくひさしぶりに出した、エスニック調のマットだった。

——なくてもべつにいいけど、気分の問題だよね。

ランチョンマットへ箸置き、箸、汁椀とセットしていく。冷蔵庫からタッパーウェアを三つ取りだす。

絢の母、いさ子手製の惣菜が詰まったタッパーウェアだった。

ひとつひとつ開けていく。さつまいものレモン煮。ピーマンの塩昆布炒め。しらすと梅肉の混ぜごはん。

インスタントながら、吸い物がふわりと香る。

——ちゃんとした朝ごはん、いつぶりかなあ。

そういえばお米のごはんって、ここ最近は学食でしか食べてなかったな。そう思いながら、架乃は箸を持ちあげてかまえた。

「いただきます」掌を合わせ、頭を下げた。

心が妙に浮きたっていた。


「おはようございまあす！」

「おはよう」

「はいはい、おはよう」

大家とともに、架乃はおざなりに手を振った。

いつかも挨拶された小学生だ。小学校の始業時間ぎりぎりに駆けていく。大家が苦笑まじりに、水色のランドセルを見送る。

「浦杉さんもおはようございます。ねえ、若い人でも枇杷（びわ）って食べる？　実家の庭に木があるんだけど、年寄りだけじゃ食べきれなくって」

「いいんですか？　ありがとうございます」

大家の言葉に、架乃は慌てて頭を下げた。

一人暮らしをはじめてからというもの、思い知ったのは果物の高価さだ。林檎、梨、葡萄、桃、甘夏。高すぎて、バナナ以外はとても手が出ない。

「ドアノブにぶら下げとくから、食べてくれるならありがたいわ。じゃあね、行ってらっしゃい」

大家に手を振りかえし、架乃はブーツの踵を鳴らして歩きだした。垣根の向こうで、紫陽花が青く色づきはじめている。

駅に着き、いつもの電車に乗って、スマートフォンを取りだした。

真っさきにＬＩＮＥを、次にＴｗｉｔｔｅｒをチェックした。はじめるまでは抵抗があったが、アカウントをつくれば、やはりそれなりに活用してしまう。

『話題を検索』をタップすると、ひと頃ネットで流行ったＡＥＤデマがまた再燃していた。

「女にＡＥＤを使うと、あとで『勝手に脱がせた、セクハラだ』と訴えられる。女が死にかけていたら、男は必ず素通りすべし。女を助けたが最後、人生終わるぞ」

という内容だ。

――いろんな判例見たけど、そんなの一件も確認したことないよ。

架乃はそのデマをタップし、「まだこんな手垢の付いたデマ飛ばすやつがいるんだ。どんだけ周回遅れ？」と引用リツイートで打った。

画面を切り替える。フォロー欄から、ネイルサロン『Selang』のアカウントに飛ぶ。不定休の店なので、最新のツイートで稼働日を確かめた。

ダイレクトメッセージ欄に〝1〟の数字がともった。ひらくと、フォワローゼロの捨てアカウントからだった。さっきの架乃の引用リツイートが気に入らなかったらしい。

「死ね死ね死ね死ね死ね。てめえの首を切断して、その臭え切り口に突っこんでやるぞバカマ×コ死ね」

——こんな人でも実物は、一見平凡な会社員だったりするんだろうな。

架乃は嘆息し、捨てアカウントを即ブロックした。

午後の講義を終え、架乃は瀬川家へと向かった。

「ごちそうさま。全部、すっごい美味しかった」

たいらげて洗ったタッパーウェアを、絢に差しだす。

御馳走になったら自作の惣菜を詰めて返すのが礼儀だ、となにかの本で読んだ気がする。

しかし架乃は料理ができないので、駅で買った菓子折りを添えた。

「いさ子さん、何時ごろ帰ってくるの？」

「今日は七時過ぎると思う。よかったらそれまで待っててよ。面と向かって『美味しかった』って言ってあげて。うちのお母さん、ひそかに料理自慢なんよ」

「全然ひそかじゃないじゃん。見た目も味も最高だった」

時刻は五時をまわったところだ。

天気予報では降水確率六十パーセントだったが、結局一日降らなかった。その代わり、空気は湿気をはらんでしっとりと重い。明日は間違いなく雨になるだろう。

玄関ドアが、がちゃりと鳴った。

「あ、水輝ちゃん、帰ってきたみたい」

架乃は身をのりだし、廊下をうかがった。

「やっとかよ」と絢が顔をしかめる。

「聞いて架乃ちゃん。今朝のあいつ、遅刻しそうだからってドライヤーもヘアオイルも出しっぱで登校しやがってさ。帰ったら説教してやるって、待っ……」

だがその言葉は、途中で消えた。

廊下を歩いてくる水輝が、目に入ったからだ。

水輝は「ただいま」どころか、一言も発さなかった。その頬は紙のように白かった。瞬きもしない目が、常の倍も大きく見える。足どりが重い。膝から下が震えて歩きづらいのだと、ようやく架乃は気づいた。

「水輝ちゃ――」

「水輝！」

いち早く絢が立ちあがり、走った。

廊下のなかばで妹を抱きとめる。

水輝は一瞬、姉の腕の中で棒立ちになった。そして次の刹那、わっと泣きだした。なにかが決壊したような泣きかただった。

「どうした、水輝？　どうしたん」

「水輝ちゃん、どっか痛いの？　誰かになにかされた？」

架乃も急いで駆け寄り、そう訊いた。

泣き崩れる水輝の全身に目を走らせる。外傷はないようだった。血も出ていない。顔にも殴られたような跡はなく、きれいだった。

二人は水輝をなだめながら立たせ、両側から支えて絢の部屋へ運んだ。クッションにもたれるように座らせる。

「これ、飲んで」

架乃は自分のカフェオレを差しだした。

「すこしぬるいけど、まだあったかいから。甘くてあったかいものを飲むと、落ちつくから。ね？」

水輝は時間をかけてカフェオレを飲みほし、やがて呻くように、

「——ごめん、なさい……」

と声を落とした。

「ごめんなさい。……べ、べつに、なにかされたわけじゃないの。なんでもないの。なのに、泣いたりしてごめん。なんでかな、こんな、大げさ——」

「大げさじゃない」

絢がぴしゃりと言った。

「直接なにかされてなくても、いやな思いしたんだろ？　なにもないのに、おまえがそんなふうに泣くわけない。妹が泣いてんのに、大げさなことなんか一個もない。だからおまえが謝ったりすんな」

水輝の喉が、ひくっと引き攣れた。いま一度、その頰に涙がひとすじ落ちる。

それを指で拭うと、ようやく水輝は話しはじめた。

「つ、ついさっき、エレベータで……」

つい数分前、彼女はこのマンションに帰宅したのだという。そしてエントランスからエレベータに乗りこんだ。そこまでは、いつものことだった。

しかし今日は異変がひとつあった。

大学生らしき男性が三人、二階から乗りこんできたのだ。

そのうち一人は知った顔だった。二階上に、家族と住んでいる男子大学生だ。だから水輝ははじめ、友達を家に呼んだのか――と思っただけだった。

彼らの一人がエレベータのボタンをすべて押し、各階で止まるようにするまでは。

「そこからが――なんだか、やけに長く感じた」

絢にもたれ、水輝は低く言った。エレベータ内の空気の密度が、ぐっと濃くなった気がしたんだ、と。

ささやきあう彼らのくすくす笑いが、水輝の背に突き刺さるようだった。早く自宅の階に着いてと願うのに、時間の流れがひどくゆっくりに感じた。

水輝は身を硬くし、エレベータの角に肩を押しつけていた。そんな彼女をからかうように、三人の大学生は各階で止まるたびすぐに〝閉〟を押し、箱の中をわざとジグザグに歩きまわった。

そうしてついに、一人が「こいつ、中学生?」と言いだした。

「さらって、輪姦しちゃうか？」

エレベータの箱に、爆笑が湧いた。

顔見知りのはずの男子学生の声が「やめろよお」と応じるのを水輝は聞いた。会えばいつも「おはよう」「こんにちは」と挨拶してきた声が、

「やめろって。このガキにチクられたら、おれここ住めなくなっちゃうぜ」

と、仲間におもねるように答えるのを。

「うはは。おまえん家の事情なんか知るかよ」

「なんだそれ、ひでー」

「いやいや、いまどきの中学生はわきまえてるって。いちいちチクったりしねえよ」

「そうかあ？　わかんねえぞ。マワしたあと、埋めちまうってのはどうだ？」

——もちろん、冗談だ。

こんなの、本気じゃない。あの人たちは冗談で言ってるだけなんだ。指定かばんのストラップを握りしめ、水輝は己に言い聞かせた。

——でももし、冗談じゃなかったら？

そこに十パーセントでも、二十パーセントでも本気があるとしたら？　三人のうち一人が本気で、ほかの二人がその意見に流されてしまったら？

考えるだけで恐ろしかった。全身の血が、音をたてて引くのがわかった。早く着いて。早くわが家の階に着いて、とひたすらに祈った。

ようやく着き、扉がひらいたときには汗びっしょりだった。

水輝は走った。だが膝が無様に震え、がくがくと前のめりにしか進めなかった。

背後から、また爆笑が聞こえた。水輝の怯えを嘲笑(あざわら)う声だった。

恐怖。屈辱。悔しさ。怒り。すべての感情が胸に押し寄せた。しかし出口がなかった。震える足でわが家にたどり着き、鍵を開けるので精いっぱいだった。

「お、お姉ちゃんの顔見た瞬間――」

水輝はあえいだ。

「それ全部、どばっと出ちゃった。こらえてた涙とか、ムカつきとか、そういうの、全部いっぺんに……」

「わかったわかった。うん、よく頑張ったな」

絢がやさしく水輝を撫でる。

その横で架乃は、頬を強張らせていた。

――ぶん殴ってやりたい。

そいつら全員、殴って、怒鳴りつけて、水輝の前に土下座させてやりたい。

彼らはきっと「ただの冗談だった」と言うだろう。仲間の前で調子にのっただけだ、男同士でイキがりたくて、ふざけただけなんだ、と。

その冗談が少女にとってどれだけ恐ろしいか、彼らにはわからない。体格でも腕力でも劣り、多勢に無勢だった水輝がどう感じたか、わかろうともしない。

なぜなら強者だからだ。弱者の怒りや悔しさなど理解しないほうが、強者は楽に生きていける。だからこれからも、わからないまま生きていく。

「ちょっと待ってて」

架乃はスマートフォンを取りだした。

父の番号を呼びだし、通話ボタンをタップする。確か父は今日、休みだった。元警察官の父なら、なにか助言をくれるはずだ。

だが父の返答は煮えきらなかった。

「#9110にかけて、一応相談しておけ。相談員が最寄りの交番に連絡してくれるはずだ。そうしたら、巡回を増やしてくれる」

「それだけ？　また〝巡回を増やす〟だけなの？」

追いすがる架乃に、父は言い添えた。

「その子の母親が帰ってきたら、警備員と管理会社にも連絡するよう言いなさい。……あのな、架乃。不満なのはわかる。だが残念ながら、言葉でからかわれた程度じゃ警察は大きく動けないんだ」

「でも——でも、お父さん」

——正義は羅針盤だ、と言ったじゃない。

行く手が嵐とわかっていても、心の針が指すならその方向に向かうべきと言ったのは、あなたじゃない。

——そしてわたしの心の針は、あいつらを罰したいと願っている。

言葉を呑み、血が滲むほど唇を噛んで、架乃は通話を切った。


水輝を寝かしつけ、絢が戻ってきたのは三十分もあとだった。

架乃はポットを引き寄せ、お茶を淹れなおした。湯気の立つ熱いカップを差しだす。絢は無言で受けとり、ひと口啜った。

「……架乃ちゃん、男になりたいって、思ったことある?」

低い問いだった。

「うちさぁ、一時期、本気で考えたんよ。性別適合手術で有名な外国の病院とか、本気で調べたもん。外科手術受けて、男性ホルモン打って、見た目だけでも男になったら、舐められないようになるかな。もうちょっと楽に生きていけるかなって。――でも、やめた」

ははは、と自嘲するように笑う。

「結局は、そういうことじゃないんだよね。女でいたくないってことと、男になりたいってことは全然違う。うちは、うちのままでいたいの。いまの自分のままで強くなって、妹やお母さんを守りたい」

「うん」

架乃はうなずいた。

「わかるよ。……それ、すごくわかる」

〝あの事件〟以後、架乃は異性に恋愛感情を持てなくなった。性的なこと全般に、嫌悪感を抱くようになった。

「女の体でいたくない」と、何度も思った。セックスして子どもを産むなんて、考えただけで吐き気がした。

――その果てに、こんな自分を、いまは肯定している。

架乃は〝ＫｉｋＩ〟こと浜真千代の所業を、まだ把握しきれていない。

父は教えてくれなかった。真千代の手足となって動いた男たちの公判記録は読めたが、肝心なことはいまもわからないままだ。読めば読むほど、真千代の実像は遠ざかり、茫漠とかすんでいく気がした。

ただ、こう思った。

──わたしなら、こんなふうにはしない。

わたしに浜真千代ほどの知能と実行力と胆力があったら、こんなふうに使いはしない。もしわたしが彼女だったら。わたしに彼女ほどの力があったなら。

──彼女のように、なれたら。

絢の母親が帰宅してすぐ、礼を告げて架乃は瀬川家を出た。

マンションの通路を歩き、エレベータの前に出る。

ちょうどドアがひらくところだった。スーツ姿の男性がエレベータに乗りこんでいく。ほかに人はいない。架乃が乗れば、あの狭い箱にしばし二人きりだ。

スマートフォンを覗くふりをし、架乃はそのエレベータをやり過ごした。

4

＊十一月十八日（土）　午後八時五十二分

「はい、高比良です」

合田からの電話に、高比良は応答した。

「ご苦労。問題ないか？」

「ない、と手ばなしには言えませんね。まいりましたよ」

高比良は苦笑まじりに答えた。つい数分前も、元被害者遺族に会ってきたばかりだ。元被害者の父親は、彼らを見るなり尋ねてきた。

「小諸弁護士、刺されたらしいですね？」と。

「捜査中の事件の質問にはお答えできません」

三浦が型どおりの言葉で返したものの、これでまた「小諸弁護士が刺された」の噂が広まるんだろうな――と高比良は複雑な気分だった。かといって「いいえ、お子さんが誘拐されまして」と訂正するわけにもいかない。

「刺されたなんて、そんなことどなたから聞きました？」

そらとぼけて高比良は問いかえした。

「いやあ、そりゃまあ、われわれだって横の繋がりがありますから」

父親が肩をすくめる。

だろうな、と高比良はひそかに慨嘆した。

この父親を含め、かつて小諸弁護士に煮え湯を飲まされた被害者たちの多くが、『犯罪被害者の会』に加入している。

こんな時刻に警察官が対面あるいは電話でアリバイを尋ねてくれば、誰だっておかしいと思う。そして彼らには『犯罪被害者の会』のSNSがある。情報を共有し、すこし整理するだけで、〝小諸弁護士がかかわった事件〟という共通項に、誰かしら気づくに決まっていた。

「今日の午後は、どこでなにをしておられました?」

三浦が問う。

父親はそれを無視して、「死んだんですか? それだけでも教えてください」と追いすがった。

「……逆にお訊きしますが、彼が死んだら、あなたは嬉しいんですか」

三浦が苛立ちもあらわに言いはなつ。

おい、と三浦を制しかけ、高比良はやめた。部長刑事として、彼を叱るべき立場なのはわかっていた。しかしそのときは「答えを聞きたい」と思ってしまった。目の前の父親の、素直な本心を聞きたかった。

「そりゃ嬉しいですよ」

父親は即答した。

「むしろ、もっと早くこうなってほしかったですね」

一点の曇りもない、明快な口調だった。

この父親の娘は七年前、わずか十九歳でこの世を去った。

彼女はある日突然、見知らぬ男から一方的に付きまとわれるようになった。家人から相談を受けた警察官は、まず男に電話で口頭注意をした。男はうだうだと言いわけをしていたが、そのうちに、

「自分を学生時代にいじめたやつの、当時の彼女に顔が似ていた。怯える様子を見るのが楽しかった」

と認めた。そしてこうも言った。「もうしません」

しかしそれは嘘だった。通報を逆恨みしたか、男の付きまとい行為はエスカレートした。

家族は再度警察に相談したが、

「元交際相手でも、痴情のもつれでもない。恋愛関係が動機のストーキングではないので、ストーカー規制法は適用できない」

と、いたって消極的な対応だった。

そうして、ことは起こった。

泥酔した男が、帰宅途中の娘を襲ったのだ。ペットボトルに詰めた灯油を浴びせ、火をつ

けたライターを放るという残忍な犯行だった。娘は全身に大やけどを負い、片目を失明した。

男は現行犯逮捕され、その後、殺人未遂で起訴された。

その彼を弁護したのが、小諸成太郎であった。

検察側は明確な殺意があったとして、懲役十三年を求刑。対する小諸弁護士は、「アルコール酩酊による心神耗弱」を主張した。

地裁の判決は、懲役三年執行猶予五年。弁護側の「酩酊による心神耗弱」が受け入れられたかたちの判決結果であった。

検察はただちに控訴した。しかし、遅かった。

一生残るだろう後遺症を背負い、このことがきっかけで恋人を失った被害者は、地裁判決の翌日に自死を選んでいた。

「……べつにね、弁護士の仕事を全否定するつもりはないんです」

小諸成太郎がもし死ねば「嬉しいですよ」と認めたばかりの父親は、穏やかな瞳でそう言った。

「世の中に、必要な仕事だと思ってます。警察だって間違うことはあるし、冤罪が起こったら、弁護士の先生が解明しなきゃあね。足尾鉱毒事件の田中正造(たなかしょうぞう)みたいに、社会悪と戦う偉人もいますもんね。わかってます」

でも――、と彼はつづけた。

「でも、小諸成太郎は、違うじゃないですか。……ね、ほんとのこと言ってください。刑事さんだって――あなたたちだって、わかってるでしょう？　小諸成太郎は、やつに執行猶予など与えるべきじゃなかった。娘をあんな目に遭わせた犯人に、もっと正当な償いをさせるべきだった、と」

高比良は答えなかった。

三浦は無言で目をそらした。

二人が答える必要はなかった。なぜなら彼の娘を燃やした男は、いま現在、拘置所にいるからだ。

執行猶予期間が明けた直後、彼はほかの女性を襲って重傷を負わせたのだ。あのとき刑務所送りにできていれば、起こり得なかった被害であった。

「ねえ、刑事さん。……法律って、なんなんです？」

父親が問うた。無心な声音だった。

「法律って、市民を守るためのものじゃないんですか？　正義のためにあるんじゃないんですか？　刑事さん。法律って、いったいなんなんです」

それが、わずか数分前のことだ。

高比良はかいつまんで合田に報告した。『犯罪被害者の会』を介して、遺族らに情報が行きわたったらしいこと。アリバイの口裏を合わせられるだけの時間を、すでに充分与えてしまったこと。そして小諸成太郎への、癒えぬ反感と憎悪を。

「……そうか」

聞き終えて、合田は呻くように言った。

「そうか、わかった。——では、こちらからの情報だ。煙草屋の公衆電話からの音声データを分析した結果、マル害の声はやはり録音だった」

高比良の背に、緊張が走った。

——では在登くんがいまだ生きているかは、不確定となる。

「母親の史緒さんは？　どんな様子です」

「気分が悪いようで、トイレと寝室を往復しているよ。なにも食えちゃいないのに、吐き気が止まらんらしい。水分だけは、摂らせているがな……」

合田は嘆息して、

「ことによっちゃ高比良、おまえを前線本部に呼び戻すかもしれんぞ。奥さんに付けた女警たちの負担が大きすぎる。かといって、特殊班には特殊班の仕事があるしな。おれの部下で、女性に威圧感を与えない色男はおまえくらいだ」

「おだてないでください、はは」

高比良は空笑いを返した。

「……ですが、係長が戻したいときはいつでも言ってください。三浦なら、おれじゃなく玉川署の署員と組ませても充分やれます」

「ああ、そうだな」

合田は同意してから、

「じつは、小諸功己に連絡が付かん」

声をひそめた。

「功己のスマホのGPSは、自宅マンションから動いていない。しかし捜査員がチャイムを鳴らしても、いっさい応答がない」

「部屋に、灯りは？」高比良は問うた。

「灯りは点いている。だが中で人が立ち動く気配はない。電気メーターの動きも鈍いようだ」

ではスマートフォンを置いて、出かけた可能性は十二分にある。

「銀行支店長の嶋木は帰った。『一億円は用意できる』と確約済みだ。登紀子も、嶋木といっしょに出ていった。功己を疑っていると、登紀子に悟られる前に動きたいんだがな……」

合田の声音には、焦燥が滲んでいた。

5

＊七月七日（金）　午後三時二十七分

架乃がネイルサロン『Selang』を訪れるのは、約一箇月ぶりだった。

驚きで立ちすくむ架乃に、

「うちの敏腕店長だよ。鮎子(あゆこ)さんっていうの」

と絢が笑顔で彼女を紹介した。

「瀬川さん、もっと正しく紹介してよ。ただの雇われ店長です、って」

そう明るく応じた女性は、まぎれもなく霞ケ関駅の女子トイレで出会った相手だった。気分が悪くなった架乃を支えたばかりか、「これでみぞおちを冷やして」と、濡れハンカチを渡してくれた女性である。

「あ、あの」

覚えているだろうか、とあやぶみつつ架乃は切りだした。

「わたし、あのう、先月の頭に、霞ケ関駅のトイレで……」

「ああ」

思いあたったらしく、鮎子が目を輝かせる。架乃はほっとしてバッグを探った。

「またお会いできてよかったです。ハンカチ、お返しします」

いつ再会してもいいよう、洗濯後はずっとバッグに入れていたのだ。

だが入れっぱなしだったせいか、取りだしてみると皺が大きく寄っていた。羞恥で、頬が火照った。

「あはは、ありがとう。返ってくるもんなのねえ」

「すみません。アイロンかけたんですけど、皺が」

「気にしないで。ハンカチなんて、ぱりっとしてたら逆に使いづらいもの」

鮎子が気さくに笑う。

架乃はあらためて彼女を眺めた。

――こうして見ると、母よりひとまわりは年上だ。

だが、まとっている雰囲気が若い。華やいでいる、と言ったほうが正確だろうか。

背はさほど高くない。しかしスレンダーな体形とタイトなスーツの効果で、実際よりすらりとして映る。胸もとのネックレスとお揃いなのか、小指のネイルだけをダイヤカットにしていた。

いま一度礼を言い、架乃はハンカチを鮎子に手わたした。

甘い香りが鼻さきをかすめた。

——ああ、そうだ。この香り。

この芳香も、彼女を忘れられない理由のひとつだった。

「なあに?」鮎子が首をかしげる。

「あ、いえ。ヴァニラとフルーツのいい香りが……」

「気に入った?　ジルスチュアートよ、これ」

「あ、……」

鮎子のその返答に、なぜか架乃はがっかりした。なんだ、香水か——と思った。そして落胆している己に、自分が一番驚いた。

——わたし、なぜがっかりしているの?

なぜって、いまのいままで人工的な香りだと思っていなかったからだ。なんとなく、彼女が食べたお菓子や、果物の残り香のような気がしていた。

——馬鹿みたい。そんなこと、あるはずないのに。

「店長、杉並の井筒（いづつ）さまからお電話です」

　スタッフの一人が、鮎子に声をかけた。

「ダブルでご予約したいそうです。五時から空いていますが、入れて大丈夫ですか？」

「五時からね。わかった、入れといて」鮎子がうなずく。

　架乃はかたわらの絢にささやいた。

「ダブルってなに？　まさか両手……じゃないよね？」

「あはは。両手ネイルじゃ普通じゃん」

　絢は笑って、

「うちの店長、変わりだねでさ。ネイルだけじゃなく占いもすんの」と言った。

「占い……？」

「タロット占いね。ほら、あれよ、トランプの絵札みたいなカード使うやつ。ネイルしながら占いもお願い、ってお客さまがいるの。そういう予約が〝ダブル〟」

「当たる、の？」

　尋ねる架乃の心臓が、早鐘を打ちはじめていた。

　タロット。そしてお菓子のような甘い香り——。駄目だ、どうしても思いだしてしまう。

　架乃をかつて信頼させ、心酔させ、そして手ひどく裏切ったあの女性（ひと）に。

――だが、そんなわけがない。

鮎子と〝ＫｉｋＩ〟こと浜真千代は、似ても似つかない。

顔が違う。体形もまったく異なる。唯一の共通点といえば、せいぜい歳の頃くらいだ。

架乃が写真で見た浜真千代は、ぼってりと鈍重に太っていた。服も髪型も、洗練とはほど遠かった。関西弁は偽装だったとしても、鮎子とは正反対の女性と言っていい。

――第一あの女は、警察に追われる身じゃないか。

こんな警視庁のお膝もとで、しれっと暮らせるはずがない。現在は片田舎で息をひそめて潜伏中か、とっくに外国へ高飛びしたかだろう。

「店長のタロット、当たるって評判だよ。架乃ちゃんも見てもらえば？」

答える絢の声が、どこか遠い。

「わたしは……いいよ。店長さん、忙しいでしょ」

「そんなことないよ？　わたしなら、いまちょうど空いてるし」

鮎子がこともなげに言う。

架乃は急いで「そんな」と声を上げた。

「そんな。悪いですよ。そ……それにわたし、絢ちゃ――いえ、瀬川さんの指名で予約を入れたんだから、瀬川さんに失礼かと」

「うち？　うちはべつにいいよお」

あっけらかんと絢が手を振った。

「予約の段階で指名料は入ってるもん。指名料もらえて施術しなくていいなら、逆に超ラッキーっしょ」

「あはは。そうだよねえ。でもそれ、店長の前で堂々と言うな」

鮎子が絢の肩を小突く。店内にどっと笑いが起こった。

彼女たちに合わせて笑みをつくりながら、どうするべきか、と架乃は迷った。

――目の前のこの女性が、〝ＫｉｋＩ〟さんだとは思えない。

万がいち〝ＫｉｋＩ〟だったらと考えれば、近づくべきではない。わかっていた。理性では、よく承知していた。

だが声は、勝手に喉からすべり出た。

「……じゃあ鮎子さん。お願いします」

架乃はいつものスティレットタイプのチップに、スワロフスキーを使ったリングネイルをオーダーした。

「いつもスティレットなんだ？」

甘皮をニッパーで処理しながら、鮎子が問う。架乃はうなずいた。

「たいてい、そうです」

「学生さんなんでしょ？　シャーペン持ちづらくない？」

「もう慣れました。それに……強そうに見えるから、気に入ってて」

「確かに。突き刺せそうだもんね」

愉快そうに鮎子は言った。

リングネイルとは、爪の上に指輪のような細工をほどこすデザインを指す。ゴールドやシルバーでリング部分を立体的につくり、スワロフスキーやパールなどをあしらって仕上げる。

甘皮処理を終え、鮎子は架乃にタロットカードを手わたした。

「シャッフルしてちょうだい。大アルカナの二十二枚だけで占うときもあるけど、今日は小アルカナの五十六枚も込みね。占ってほしいことを、よおく念じながらシャッフルして」

占いを信じるか、と訊かれたなら、架乃は「まさか」と即答するだろう。そこまで馬鹿でも子どもでもない。いいことを言われたらそりゃ嬉しいけれど、真に受けたりはしない、と。

――〝ＫｉｋＩ〟さんは、どうだったんだろう。

彼女は信じていたんだろうか。あの悪魔が、人智を越えたなにかにすがることなどあったのか。頼るよすがを、求めた日もあったのだろうか。

「シャッフルしたら、三つに分けて並べて。ううん、均等にしようとしなくていいの。なるべくなにも考えず、三つの山に分けて」

架乃は言われたとおりにした。

分け終えてすぐ、鮎子が架乃の左手を取る。刷毛（はけ）で爪にエタノールを塗り、丁寧に表面の油分を除去していく。

「分けられた？　じゃあ左の山から、一番上のカードをめくって」

右手で架乃はカードをめくった。

「あら、あなた……」

鮎子が、途端に眉を曇らせた。彼女は言った。

「あなた、大丈夫？」

架乃の胃のあたりが、ずしりと重くなった。

「はい」

即座にうなずきかえす。動揺を気取られないよう、頰を引きしめる。

「はい。——大丈夫、です」

「そう？　でもつらい時期なのね。ずっと信じてきたものが、あなたの中で揺らぎつつある。そうでしょう？」

「……、っ」

架乃は答えず。まぶたを伏せた。鮎子がつづける。

「真ん中の山のカードをめくって」

あらわれたカードは、架乃には意味をなさないただの絵札だった。だが鮎子は、自信ありげに告げた。

「ソード8。あなたはいま、閉塞感のただ中にいる。情報のせいね。耳から、目から、SNSから、入ってくる情報すべてにがんじがらめな気がするでしょ？ でも遮断することは勧めないな。あなたにとっては全部、必要な情報だから。今後の動きを決める糧にもなるはず」

言いながら、ネイルチップを架乃の爪に付けていく。自爪のかたちに合わせて、こまかく微調整していく。

「最後の山のカードを見せて」

カードを確認し、鮎子は言った。

「ペンタクル5。失うことを覚悟しなくちゃいけない。でも安心して。それで正解だから。むしろいまは、手ばなすべき時期なの。あなたが抱えこんできたことに、さほどの価値はなかった」

「価値は、なかった……？」

「ええ。だから失くして大丈夫。執着しないで」

さらりと告げ、鮎子がネイルチップにシルバーをほどこしていく。彼女のつむじを、架乃は呆然と見下ろした。


駅の構内は、むっとするような湿気で満ちていた。

ちょうど帰宅ラッシュとかち合ってしまったらしい。七月の暑さに加え、人酔いしそうなほどの雑踏だった。

コンビニから漂うコーヒーと揚げ油の匂い。すれ違った会社員の整髪料。高校生の甘酸っぱい体臭。制汗剤。コロン。シャンプー。誰かの服に染みたガーリックの臭い。すべてが入り混じって、かるい吐き気をもよおさせる。

架乃は足を止め、壁にもたれてスマートフォンをタップした。

Ｔｗｉｔｔｅｒアプリを立ちあげる。絢のアカウント宛てに、「鮎子さんの苗字（みょうじ）を教えて」とメッセージを送る。

泣き声が聞こえた気がして、ふと顔を上げた。

二人組の女子高校生だ。一人が泣き、一人がそれを慰（なぐさ）めている。泣いている子のスカートを、懸命に拭いてあげている。

ああ、と架乃は思った。ああ、電車の中で精液をかけられたんだな。

わたしも覚えがある。あの頃、クラスメイトの半数近くが同じ被害に遭っていた。みな、電車通学の子だった。

徒歩や自転車通学の子はといえば、露出犯に悩まされていた。「一時間いくら?」「パンツ売って」と迫られた子もいた。車で追いかけられた子もいた。制服を着ていたあの頃が一番、痴漢たちのターゲットにされていた。

——いまとなれば、ほんの子どもだ。

当時はいっぱしのつもりだった。けれど成人したいまは、十六、七歳なんて子どもにしか見えない。顔も表情も幼い。

なのに、あんな子どもが性被害に遭って泣いていても、誰も振りかえりはしない。痴漢を取り締まるはずの鉄道警察員さえ、彼女たちの脇を素どおりしていく。一瞥もくれない。

——あなた、大丈夫?

鮎子の声が、鼓膜の奥でよみがえった。

——ずっと信じてきたものが、あなたの中で揺らぎつつある。そうでしょう?

スマートフォンを胸に押しあて、架乃は深呼吸した。

まぶたを伏せる。口の中で、低く暗唱する。

「……ある者は、正義の本質は立法者の権威であると言い、ほかの者は君主の便宜であると言う。またほかの者は、現在の習慣であると言う……」

パスカルの『パンセ』の一節だった。

「……法律が正しいからという理由で法に服従する者は、自分の想像する正義に服従しているのであり、法律の本質に服従しているのではない。法律は……」

つづきは、心の中でつぶやいた。

――法律は法律であって、それ以上のなにものでもない。

スマートフォンが鳴った。Ｔｗｉｔｔｅｒの着信音だ。

架乃はまぶたをひらき、液晶に目を落とした。絢からの返信だった。

「鮎子さんの苗字？　加藤(かとう)だよ。加藤鮎子さん」

くらり、とめまいを感じた。足もとが揺れた。

かとう。声に出さず架乃は繰りかえす。

かとう、あゆ――こ。確かに聞き覚えのある名だ。同時に、一刻も早く忘れたい名でもあった。

架乃はうつむき、いま一度息を深く吸った。

吐き気がさらに増していた。おさまるまで、何度も深呼吸した。

まさか、と己に言い聞かせる。まさかそんなはずはない。偶然だ。加藤なんてよくある苗字じゃないか。わたしはいま、ナーバスになっているんだ。心が不安定なときは、なにを見ても啓示を見出した気になるものだ——。

震える手で、架乃はスマートフォンをフリックした。

第五章

1

＊十一月十八日（土）　午後九時四十分

高比良と三浦は鑑取りのため歩きつづけていた。通りの弁当屋が看板の灯りを消した頃、前線本部の同僚からメールが入った。

「おい、『こもろ総合法律事務所』の上得意さまリストを入手したぞ。係官がその中に、柴門拓也と父親の名を見つけた」

——柴門？

ゼロコンマ数秒、高比良はそれが誰か思いだせなかった。だが思いだした瞬間、背がぞわりと波立った。

「柴門って……『亀戸小二女児殺害事件』のマル被ですよね？」

三浦に横からささやかれ、「そうだ」と高比良は首肯した。

――『亀戸小二女児殺害事件』。すなわち磯川花蓮ちゃん殺し。

昨夜から合田係長が悩まされていた、まさにあの事件である。被害者の義兄が自殺し、強行犯第五係長がつるし上げられ、各部署がいまだ対応に追われている幼女殺しだ。

柴門拓也、二十六歳、無職。

逮捕歴六回、前科一犯かつ弁当持ち――つまり、執行猶予中の身だった。逮捕歴はすべて、十歳以下の少女を対象とした性犯罪であった。

高比良は三浦に向きなおった。

「このあとの展開はわかるよな？　柴門のために過去五回の示談を取りつけたばかりか、懲役六年の求刑に対し、執行猶予判決を勝ちとったのがマル成だった」

「じゃあ今回も、マル成が弁護するんですね」

三浦が不快感もあらわに言う。

「ああ。だがマル成はバンコクだからな。いま柴門のため城東署に詰めているのは、同事務所の下っ端弁護士だそうだ」

「マル成の野郎、東京の性犯罪の八割を担当してるんじゃないですか？」

「八割は大げさだが、その道で有名なことは間違いないな。先代から評判が評判を呼んで、依頼が殺到していたらしい」

「父子二代で、変態どもの弁護しておまんま食ってたわけだ。挙句に世田谷の一等地にあんなでかい家を建てたんだから、いやになっちまいますね」

官舎暮らしが長い三浦は、本気で腹を立てているようだった。

ふたたび高比良のスマートフォンが鳴った。今度は電話アプリの着信音だ。合田からだった。

「はい、高比良です」

「おれだ。——すまんが、やはりおまえに前線本部に戻ってもらいたい」

合田の声は、こもって低かった。あたりを気にしつつ話しているらしい。つられて、高比良も声のトーンを下げた。

「なにかありましたか？」

「奥さん、いや小諸史緒の様子がおかしい。気分が悪いと訴えて何度もトイレに通うんだが、スマホを手ばなそうとしない。付き添っている女警も『トイレの中で、ずっとスマホをいじっている様子だ』と証言している」

「スマホを？　マル成との連絡はまだ付いてないんですよね？」

「ああ。電源が入った様子すらない。位置情報も不明だ」

「在登くんのキッズスマホは？」

「そっちも同様だ」

――小諸史緒が、あやしい？

高比良は内心で首をかしげた。彼が見た限り、史緒は本気で犯人に憤り、本気で息子を案じているように思えた。あの憔悴ぶりも、真実としか見えなかった。

――あれがもし演技なら、たいしたものだ。

「富安さんは、狂言誘拐を疑ってるんですか？」

「疑っているというほどじゃない。仮説のひとつに入れただけだ」

合田の答えは慎重だった。

「もしですよ。もし狂言だとしたら、通信相手は義弟の功己でしょうか」

そう問う高比良の脳裏には、「功己が史緒に手を出して実家を出された」という、近隣の噂話が浮かんでいた。

「わからん。通信会社とＳＳＢＣに史緒のスマホを監視させちゃいるが、いまのところ、あやしい履歴はないようだ。インターネットに頻繁に繋いでるから、ＳＮＳで誰かと通信している可能性はある。しかしプロバイダに開示請求している暇はないし、請求できるだけの根拠もない」

「なるほど。で、戻ったらおれはなにをすればいいんです？」

「なだめ役兼、力仕事だ。史緒が誘拐犯側だと発覚し次第、トイレの扉をぶち壊してでも引きずり出せ。ただしセクハラだなんだと騒がれんよう、重々注意しろよ。これ以上、いらんことで市民と揉めたくない」

合田の口調には実感が滲んでいた。

「功己の居どころは、まだわかっていないんですか？」

「不明のままだ」

「煙草屋の女主人が見たという、白い車はどうです？」

「そっちも不明だ。功己は二年前まで青のＢＭＷを所有していたが、自損事故で廃車にして以後は、自分名義の車を持っていない。とはいえレンタカーという手もあるし、知人から借りたかもしれん。いまどきはカーシェアリングなんてのもあるしな。ナンバーがわからん以上、あらゆる可能性が考えられる」

「ですね」

高比良はうなずいてから、

「三浦はどうします？」と訊いた。

「玉川署が警務課から、元刑事課の署員を引っ張ってくるそうだ。十分後には三浦と合流できるだろう。おまえはそのまま戻ってこい」

「了解です」

高比良は腕時計を覗いた。あと十分強で午後十時になる。

「ほかになにか、頭に入れておくことはありますか？」

「ああ、そういや玄関ポーチに撒かれた児童ポルノだが……」

合田は言いかけて、

「いや、おまえが戻ってから話そう。まずは早く合流してくれ。この誘拐事件は、どうにも妙だ」

と舌打ちした。

2

＊八月十六日（水）　午前十一時二十九分

アパートから一歩外へ出た途端、架乃は顔をしかめた。

——暑い。というより熱い。

文字どおりの炎天下だった。つむじが陽光でじりじり炙（あぶ）られるのがわかる。さっき塗ったばかりの日焼け止めが、早くも汗で流れはじめる。鼓膜に、蟬の声が突き刺さるようだ。

駐車場にシルバーのシビックが駐まっていた。

「架乃ちゃん」

おろした後部座席のウインドウから、絢が手を振る。

加藤鮎子の愛車であった。当の鮎子はといえば車を降りて、架乃の大家と立ち話をしていた。

「そろそろ、ひと雨来てほしいですねえ」

「ねーえ。打ち水なんかしたって全然駄目。すぐからっからに乾いちゃって」

なごやかな会話が、架乃のところまで聞こえてくる。さえぎるのも気が引けたが、架乃は声を張りあげて挨拶した。

「こんにちは」

「あら浦杉さん」と大家が振りむく。

「こんにちは。なんだかちょっと痩せたんじゃない？　夏バテ？」

「暑くて、食欲なくって……」

「そうなんですよ。だから若者にランチでも奢ってあげようかと」

鮎子が微笑む。

大家が「まあっ」と語尾を跳ねあげた。

「奢り？ うらやましいー。送り盆の片付けがなきゃ、わたしも付いていっちゃうとこなのに。あはは、嘘よ。冗談冗談。楽しんできて」

「はあい。車、駐めさせてくださってありがとうございます」

手を振って、鮎子が運転席に乗りこむ。架乃も大家に会釈し、後部座席のドアを開けた。

ほぼ同時に、小柄な細い影が脇を駆け抜けていく。

「おはようございまあす！」

いつもの子だった。ただし夏休みゆえ、水色のランドセルは背負っていない。細い手足は真っ黒に日焼けしていた。

大家が「おはようじゃないでしょ。こんにちはでしょ」とかける声を無視し、横断歩道を突っ切って走り去る。

架乃は身をかがめ、絢の隣に乗りこんだ。

「あっついねえ」

顔を扇いでみせる絢に「ね」とうなずきかえしてから、架乃は鮎子に礼を言った。

「まさかほんとに迎えに来てくださるなんて。ありがとうございます」

「そうかしこまらないで。どうせ絢ちゃんを拾っていくついでなんだし」

「このへんは路駐できる場所がないから、心配だったんですけど……。大家さんがちょうどいる時間帯で、よかったです」

架乃は言葉を切り、

「さすが、誰とでもすぐ仲良くなれますね」

と付けくわえた。口調に、ほんの墨一滴の皮肉が滲む。しかし鮎子は気づかなかったようで、

「大家さん、いい人ね」

と答え、ギアを替えてアクセルを踏みこんだ。

――いまだにわたしは、この人のことがわからない。

恵比寿に向かって走る車窓の景色を横目に、架乃はひとりごちた。

加藤鮎子と出会って、早や一箇月が過ぎた。絢にはすまないが、彼女をだしにして幾度も鮎子に接触した。もしや、の疑惑が抜けなかったからだ。

もし彼女が浜真千代ならば、暴いてやろうと思った。反対に真千代でないなら、その確たる証拠がほしかった。

――でも結局、見きわめられないままだ。

この一箇月で、鮎子について把握できたことは以下だ。

ネイルの腕は中の上。だが、とにかく接客が巧い。ネイルより、彼女のタロット占い目当てで通う客もすくなくない。如才ないを通り越し、すでに〝人たらし〟の領域とも言えた。

経歴については「関東出身らしい」「係累がすくないらしい」程度しか、絢たちも知らないようだ。店のオーナーが彼女に惚れこみ、経歴よりも人柄重視ですぐ店長に取りたてたのだという。

「ランチのあと、架乃ちゃんはお墓参りだよね？」

絢が言う。

「うん。十六日じゃちょっと遅いけど……。一人で行きたかったから」

ひかえめに架乃は認めた。

弟の善弥が殺されたことと、おおよそのあらましは二人にすでに話してあった。

鮎子にまで話したのは、彼女の反応を見たかったからだ。だがやはり、化けの皮は剝がせなかった。鮎子の同情も憐憫も、架乃の目にごく自然な態度と映った。

「でさあ、水輝のやつ、休みだからってずっとうちにいやがって」

「いいじゃない。そのほうが安心でしょ」

「安心じゃねえよ。あいつが静かなときって、たいていしょうもないゲームに課金してんだから」

「あはは」

——やはり、父の手を借りるべきだろうか？

絢のおしゃべりに相槌を打ちつつ、架乃は思った。

わたしごとき小娘の目でなく、父に見きわめてもらうほうがよっぽど確かだ。それはわかっていた。しかし、心の底のなにかが押しとどめた。

——あれ以来、父とはろくに話せていない。

水輝がエレベータで泣かされた日、父に「言葉でからかわれた程度じゃ警察は動けない」と言われたことを境に、ささやかな溝ができてしまった。

ほんとうなら善弥の墓参も、父といっしょに行くはずだった。十四日に墓参し、帰りに美味しいものでも食べようと誘われた。

だが架乃は嘘をついた。

「ごめん。十四、十五と、夏期講習があるの」と。そして言い添えた。「お墓参りは、十六日に一人で行くよ」

——わたし、なにがしたいんだろう。

ようやく父を取りもどせたのに。一時期は別居していた父が家庭に帰り、父娘(おやこ)二人でなごやかに話せるまでになったのに。われながら幼稚なわだかまりで、みずから父を遠ざけようとしている。

――自分で自分が、わからない。

シビックは右折レーンに入り、赤信号で停まった。

鮎子が御馳走してくれたのは、明治通りに建つ創作寿司屋のランチだった。

和牛のにぎり。海苔でなく蕪で巻いた軍艦。昆布締めの平目。ウニのゼリー寄せ。デザートには胡麻のアイスクリームが付いた。

お腹いっぱい、と架乃が息をついていると、店員が伝票と折り詰めを持ってきた。鮎子が折り詰めを、つと絢に差しだす。

「これ、お土産。水輝ちゃんのぶんね」

「ええっ。でも、そこまでしてもらったら」

目を見張る絢に、

「いいの。食べて元気出してもらって」首を振り、鮎子はつづけた。

「夏休みなのに、家から出られないでいるんでしょう？」

絢が息を呑む。

次いで彼女は、がっくり肩を落とした。

「……そうなんです。エレベータで大学生たちに笑われた一件から……あいつ、ずっと怯えてて。ちょっとした外出でも、必ず階段使うんです」

絢らしくない、いまにも消え入りそうな声音だった。

「うち七階だから、エレベータなしじゃきついんですよ。なのにあの子、『また怖い思いするよりいい』って言い張って。だいたい、階段は階段で窓がなくて薄暗いし、人気がなくて危ないのに」

「例の大学生って、二階上に住んでるんだっけ？」

「そうです。九一三号室の長男坊。水輝にしたら、家を知られてることも怖いみたいなんです。待ち伏せされたらどうしよう、って」

「防犯ブザーを持たせたほうがいいね」

鮎子が言った。

「それから、スマホの録音アプリも有効よ。すぐに立ちあがるよう設定しておいて。また変なこと言われたら、絶対に録音しなきゃ駄目。言った言わないの水掛け論は、被害者をよけい消耗させるから」

「はい」

絢はうなずいてから、

「悔しい。……こういうのって、ほんと悔しいです」

唸るように言った。

「この手のいやな目に遭ったのは、はじめてじゃない。そのたび、早く大人になりたいって思うんです。早く卒業したい。就職して、早く出世したい。——どんな卑怯な手を使ってでも、偉くなってやるって思います」


絢をマンションの前で降ろしたとき、気温はピークを迎えていた。路上の気温表示計が、赤のアラビア数字で〝39℃〟を示している。

折り詰めを提げた絢が、鮎子へ頭を下げつつマンションへ消える。それを見送って、架乃もドアの把手に手をかけた。

「じゃあ、わたしもここで。今日はごちそうさまでした。美味しかったです」

しかしその前に、鮎子が押しとどめた。

「架乃ちゃんの用事はまだ終わってないでしょ。これから弟さんの、大事なお墓参りじゃないの」

「そう——ですけど、でもそれはわたしの用ですし、電車で」

「なに言ってんの。ここまで来たらもののついでよ。お墓参り、わたしにも付き合わせてちょうだい」

シビックがすべるように走りだした。

「ありがとうございます」

「いいって」

恐縮する架乃を、鮎子がさらりとかわす。

フロントガラス越しに見る世界は、立ちのぼる陽炎(かげろう)で揺らめき、ゆがんでいた。鮎子が車内の冷房をさらに強める。サイドミラーが弾く陽光が、目の奥に染みた。

「鮎子さん――、も」

われ知らず、架乃は口をひらいていた。

「鮎子さんも、自分がもっと強ければって、思ったことありますか。……たとえば、男性に生まれていたらよかった、とか」

「そりゃ、あるよ。誰だって一度は思うでしょ」

鮎子が笑った。

「わたしだって若い頃は、水輝ちゃんみたいにエレベータでいやな目に遭った。夜中にタクシーに乗れば運転手にセクハラされたし、取引先の男性にホテルに連れこまれそうになって、逃げたら悪評を立てられたこともある。占いのお店をやってた頃も、いろいろあったよ。スタッフが全員女性だと知って、いやがらせに来るお爺さんや、わざと店を汚していく中年男性もいた」

ウインカーを出し、シビックは車線変更した。

「そのたび思ったわ。こいつら、わたしがプロレスラーみたいに屈強な男性だったら、目を合わせることすらしないだろう。いやがらせどころか、うつむいて早足で逃げていくだろう、って——。悔しさなんて、何度も何度も嚙みしめた」

空はペンキをべた塗りしたような青だった。架乃たちの気分とは裏腹に、どこまでも澄みきっていた。

——女である自分が、ずっと嫌いだった。

架乃はまぶたをきつく閉じた。

男に生まれたかった。そう、幾度思ったか知れない。

男の子だったら、もっと速く走れただろうか。もっとボールを遠くまで投げられただろうか。父の跡を継げていただろうか。長女でなく長男だったら、母はわたしを善弥と同じくらい愛しただろうか。

「……わたしの、知りあいのお孫さんがね」

ハンドルを操りながら、鮎子が言う。

「戸籍は女の子として生まれたんだけど、心が男の子だったの。……言ってる意味、わかる？」

「はい」架乃はうなずいた。

「わかります」

「そう。……そのお孫さんはね、理解ある私立の学校に男子生徒として入学したの。でも心ない級友によって、最悪のかたちで、ばらされてしまった」

「ばらされ――」

架乃はつばを呑みこんだ。

「お孫さんは、どうなったんです？」

「輪姦されたの。それまで親友だと思いこんでいた、男の子たち四人にね」

鮎子の口調は平板だった。

「彼らは『おれたちをだましていたのか』『女のくせに』『裏切者』と罵ったそうよ。そしてその子を、かわるがわる犯した。ホモソーシャルにおける典型的な〝制裁〟ね。彼らは絆にこだわり、面子にこだわる。〝自分たち以外のなにか〟を蔑み、集団の暴力によって貶め、一体感と帰属感に酔う。その〝自分たち以外〟は、ときに外国人。ときに性的マイノリティ。

ときに異教徒。そして、ときに異性……」

——彼らにとっての、異性。

つまり女だ。

車内に沈黙が落ちた。

「……男の体になりたいわけじゃ、ないんです」

架乃はうつろに言った。

「男性に生まれていたら、と思う時期は、とうに過ぎました」

——いまはただ、女でいたくないだけです。

架乃はつぶやきを落とした。

なぜこんなことを打ちあけるんだろう。自分でも不思議だった。

鮎子への疑惑はまだ晴れていない。弟を殺した仇の、浜真千代かもしれない。

なのにどうして、わたしは鮎子に心をさらけだしているのか。親にすら言えぬことを、なぜこんなふうに話してしまうんだろう。

——でも、確かに、いつか誰かに言ってみたかった。

毎月来る生理がいやだ。ふくらんだ胸もいやだ。男性に性的対象として見られることは、もっといやだ。セックスなんて絶対したくない。

同性愛者ではない。でも異性愛者でもなくなったと感じる。この混乱と葛藤は、いったいどうすればいいんだろう？

「大丈夫。あなただけじゃない」

鮎子が低く言った。

「外国にだって、多いの。女性の体でいたくないから、自分は性同一性障害なんじゃないかと疑って、十代で性転換手術を受ける少女が増えている。でも術後に『違う』と気づいて後悔した少女たちが、すこしずつ声を上げて、欧米では社会現象になりはじめているの」

ウインドウの向こうで、逃げ水がまぶしく光っている。

「わたしの知人のお孫さんは、ほんとうに性同一性障害だったみたい。けれど性同一性障害でなくても、自分の体が女性らしくなっていくのを厭う少女は多いでしょう？　それが嵩じて、性同一性障害と性嫌悪をごっちゃにしてしまう例がすくなくないのね。だから本来なら、取りかえしが付かなくなる前に、わたしたち大人が言ってあげなくちゃいけない。『あなたはあなたのままで、性を拒否してもいいのよ』って。

女性の性と体がいやだからって、男性になる必要はない。体格や腕力で男性に劣っていても、ほかの手段で強くなれる。セックスも結婚も出産も、いやならしなくていい。なんなら強くならなくていい。弱いままでいい。弱くても生きていけるなら、それが一番いい、って」

「わたし……わたしは、でも」

架乃は胸の前で指を組んだ。なぜか動悸が速まっていた。

「弱いままで、いたくないです」

声を絞りだす。

「わたしは、強くなりたい」

「そう思うなら、あなたは強くなればいい」

静かに鮎子は言った。

「わたしも昔、そう願った。弱者の価値がわからなかった。でも最近、やっとわかったの。世の中には、強くなれない人もいる。わたしの母がそうだった。……でも、弱くても、わたしは母に生きていてほしかった。ありのままの母が好きだった」

言葉を切り、バックミラーの中でふっと笑う。

「だから架乃ちゃんは、自分より弱い人や、意見が違う人のことも否定しないで。他人を肯定することは、きっとあなたの強さに繋がるから」

架乃は無言でうなずいた。

かねての問いが、胸の底からこみあげる。

──あなたは、〝ＫｉｋＩ〟さんですか？

浜真千代なんですか？　そう訊いてみたい。だが訊けなかった。

鮎子が真千代のはずがない、と理性では思う。だが疑惑が拭いきれない。万がいち「そうだ」と答えられたなら、そのとき自分はどう反応すべきなんだろう。

──弟の仇だと憤るか、通報するか、怯えてすくむか。

すべての選択肢が正しく思えた。同時に、三つとも間違っている気がした。どの行動も、いまひとつしっくりこなかった。

もし鮎子が真千代なら、絢との出会いは偶然ではあるまい。きっと絢に命じて、架乃に接近させたのだ。

だが不思議と落胆はなかった。絢に対する好意は、揺らがなかった。

「そこを左折でお願いします」

架乃は身をのりだし、左を指さした。

鮎子がウインカーを出す。シビックが、ゆっくりと十字路を左折した。

盂蘭盆会（うらぼんえ）の霊園は、この時期だけは色彩に溢れる。

紫、白、黄を基調とした仏花。赤い蠟燭（ろうそく）。渋緑の線香。食べものの供物は持ち帰るのがマナーだが、最近流行の果物や菓子を模した蠟燭が、墓前にさらなる色どりを添えている。そして、抜けるような空の青。

そのただ中で、架乃は呆然と立ちつくしていた。

――お母さん。

善弥の墓石の前に、母がいた。架乃の気配に、ゆっくりと振りかえる。

場の空気を悟ってか、鮎子がきびすを返して離れていく。

「……どうしたの。お母さんが、こんな遅い日どりでお墓参りなんて……」

「お墓掃除と棚経は、十三日に済ませたわ」

さえぎるように母が言う。

「架乃がお父さんに、『十六日に行く』って連絡したんでしょう?」

「ああ、……うん」

そうだった、と納得してから、「では待ち伏せていたのか」とぞっとした。身を硬くした架乃に、母が苦笑する。

「べつにストーカーじゃないから、安心して。朝からここで待ってたわけじゃない。会えるかな、程度の気持ちでいただけ」

あなた、お盆も帰ってくる気はないらしいから――。

そう付けくわえられ、思わず架乃は目をそらした。

歓迎する気もないくせに、と内心で反駁する。わたしの一人暮らしを喜んだくせに。ゴールデンウィークだって、わたしがさっさと帰って安心したでしょう。そのあなたに、そんなふうに責められたくない。

「……なにか、話でもあるの？」

「ええ。さすがにこれは、面と向かって言わなきゃと思って」

母は姿勢を正した。次いで、架乃を真正面から見据える。

「お父さんと、離婚することにしたの」

母娘（おやこ）の間を、風が流れた。

架乃は唇を開け、また閉じた。なにか言わなくては、と思う。しかし言葉が出てこなかった。ただ低く、

「……そう」

とだけ声を落とした。

息を吸い、吐く。体温よりも熱い空気が喉を焼き、きつく胸をふさいでしまう。

「そう」

架乃はいま一度繰りかえし、

「――善弥は、もういないもんね」

と言った。

母がわずかに顎を引くのが見えた。

肯定するようなその仕草に、架乃はもはや傷つかなかった。ただ呆れた。

夫婦のかすがいを失ったのだから、しかたないね。そう言いはなった娘を、母はただ受け入れた。

――じゃあ、あなたにとって、わたしはなに?

お母さんにとって、娘のわたしはかすがいになり得なかった。それをいま、あなたは言外にはっきり認めた。そう、ちゃんと自覚できているの?

怒鳴りたかった。だができなかった。架乃はこみあげた言葉をすべて呑みこみ、

「わかった」吐息とともに言った。

「わかった。わたしはもう成人しているし……あとは、夫婦で話しあってほしい」

「ええ」

母が首肯する。

「言っておくけど、架乃に金銭面で負担はかけない。学費は前納してあるしね。そのほかでも、迷惑はかけないと約束する」

「うん。わかってる」

「共有名義の不動産があるから、弁護士を挟むわ。でもお父さんとお母さんの間だけで解決できることよ。安心して」

「うん」

背後がにぎやかになった。新たな墓参客が、団体でやって来たらしい。

潮どきだった。妙に他人行儀な会釈をして、母がきびすを返す。去っていく。

架乃は弟の墓石に向きなおった。

母が手向けたのか、真新しい菊とカーネーションが花立に挿してある。香炉からは、線香の煙が薄く立ちのぼっていた。

背に気配を感じた。ヴァニラとフルーツの香りが漂う。鮎子だ。

振りかえらない架乃に、鮎子が抑揚なく問う。

「弟さんを、好きだった？」

「……わかりません」

架乃はちいさく答えた。

「いい子でした。弟のことは、もちろん嫌いじゃなかった。可愛がっていたほうだと、思います。でももう、わからない。——好きだったかどうか、思いだせません」

正直な答えだった。ほかに返答のしようがなかった。

「弟さんが死んだと知ったときは、泣いた？」

「はい。でも」

香炉の煙が、鼻の奥につんと染みた。

「でも、なぜ泣いたのか——、ほんとうに泣くほど悲しかったのか、それも、もう思いだせない。なにもかも、すごく遠く感じます」

すみません、と架乃は言い添えた。

「家族のみっともないところを見せて、すみません」

「ううん」

鮎子が隣に並び、首を振る。いま一度、架乃は胸中でつぶやいた。

——強くなりたい。

3

＊十一月十八日（土）　午後十時七分

高比良が前線本部こと小諸邸に戻ると、邸内は奇妙な緊張感に包まれていた。

時刻は午後十時を過ぎ、捜査員の疲労もピークを迎える頃だ。

誘拐など特殊事件において、警察官の消耗度は通常事件の比ではない。だから特殊班の捜査員は、数時間おきに休憩をとることが奨励(しょうれい)される。

——なのに、ほぼ誰も休んでいない。

室内の空気がぴりりと張りつめている。

重大事件ゆえ、張りつめるのは当然だ。しかし捜査の緊張だけではない、あきらかな苛立ちが捜査員たちの顔に見てとれた。

「係長」

高比良は合田を見つけ、彼の脇にしゃがんだ。

「ただいま戻りました」

「ご苦労」

振りかえった合田の瞳にも、疲労が濃く浮いていた。

「犯人からの電話は？」

「あれ以後はない。公共施設はとっくに閉まったから、公衆電話を使いづらくなったんだろう。この時刻だと駅かコンビニだが、どちらも防カメだらけだ。本格的な身代金の要求は、明日かもな」

「ですね」

同意してから、高比良は顔を寄せてささやいた。

「雰囲気、よくないですね。神奈川県警とまた揉めましたか」

「いや、ううむ……」

合田は唸った。ちょっと向こうへ、と目で合図する。二人はさりげなくリヴィングを離れ、廊下の階段脇へと移動した。

「神奈川県警ともうまくいっちゃあいない。だが……じつはいま、指揮本部ともぎくしゃくしている」

階段脇には、ドリンクや菓子パンの入ったコンビニ袋が置かれていた。合田はミネラルウォーターを一本抜き、高比良の胸へ押しつけた。

「指揮本部と？　なぜです」

「理事官ならびに刑事部長は、マル害の身内を疑うことに及び腰なのさ。わかるだろう。なにしろ昨日の今日だからな」

「ああ、なるほど。……はい」

高比良は苦くうなずいた。

亀戸事件、つまり磯川花蓮ちゃん殺しの件である。特捜本部は被害者の義兄をさんざん疑い、自殺という最悪の結末に追いこんだ。警視庁としては、前轍は踏めないというわけだ。

「では史緒や功己に対し、強く追及できない？」

「できんこたぁない。だが、いつも以上に確たる物証が必要だ。令状の発行も渋くなりそうだな」

　合田が嘆息した。

「そうでなくとも富安は、指揮本部の岡平理事官と相性が悪いんだ。あいつの苛立ちが、部下たちに伝染っちまってる」

「それは、また……」

　厄介ですね、の言葉を呑み、高比良はミネラルウォーターの蓋をひねった。ひと口、ぐっと呷る。

　聞き込み中は自然と水分を控えてしまうため、渇いた体に染みわたった。

「そういえば児童ポルノの件はどうなったんです？　さっき、電話で言いかけましたよね」

「ああ、あれな……」

　高比良の問いに、合田は複雑な表情になった。

「そいつも妙な話なんだ。玄関ポーチに撒かれた児童ポルノを、小諸邸の防カメデータとともにＳＳＢＣに分析させたんだがな。まずポルノを撒いた不審人物は、防カメに映っていなかった」

「そんな馬鹿な」

幽霊が撒いたとでも？　と言いかけて、高比良は気づいた。

「死角ですか」

「そうだ。ポルノはカメラの死角から撒かれた。つまりそいつはカメラの位置だけでなく、どの場所が死角に当たるかも把握していたことになる」

「じゃあ、ますます身内の可能性が高いじゃないですか。それでも指揮本部は、功己たちを調べるなと？」

「調べるな、とは言っちゃいない。『はやるな』『勇み足になるな』の、一点張りってだけさ」

合田の口調に皮肉が滲んだ。

「だがまあ防カメの型はよくあるやつだしな。身内でなくとも、おおよそ死角の見当は付くさ。そして次の奇妙な点だが――」

言いながら、内ポケットからスマートフォンを取りだす。

「ＳＳＢＣの分析捜査班によれば、ポルノ画像の大半はネット上で拾えるしろものだった。

世も末だよな。子どもを対象にした、しかもあきらかな強姦画像が、自宅のパソコンやスマホを通して簡単に観れるんだから。——とはいえ中にワンカットだけ、児童ポルノではない画像がまぎれこんでいた。それがこいつだ」

目の前に突きだされた液晶に、高比良は眉をひそめた。

確かに児童ポルノではないようだ。似たような構図で、一人に複数がむらがる同様のシチュエーションだが、体形からして被害者は中年女性だろう。

頭からすっぽり紙袋をかぶせられており、顔は見えない。広げられた両足の間に、鮮血が見えた。暴力的なポルノであることだけは疑いなかった。

——まさか、史緒か？

高比良はちらりと合田をうかがった。

合田がかぶりを振り、

「誰かは不明だ」と言った。

「引きつづき分析捜査班に、詳しく画像解析してもらっている。だが画像の粒子が粗すぎて、本人特定はむずかしいだろう」

「史緒はどんな様子です？」

「ひたすらトイレと寝室を往復してるよ。かたときもスマホを離そうとしない。押収したいが、令状を取れるだけの確証もないしな……。ぶっちゃけ、おれは狂言なら狂言でいいんだ。それなら在登くんの生存率は、はるかに上がる。子どもの死体を拝まされるのは、もうたくさんだ」

「まったくです」

高比良は同意した。本心だった。花蓮ちゃんに次いでの、幼い遺体など見たくなかった。

「まずは、小諸功己を見つけたい」

合田はコンビニ袋にかがみ、缶コーヒーを一本抜いた。

「功己の身柄さえ確保できれば、犯人の音声データと比較できる。声紋はボイスチェンジャーを通して潰れているが、一致する単語を拾って抑揚やトーンを比較すれば、同一人物かは判定可能だそうだ」

「もし、功己と同一人物だと確定すれば……」

「そうだ。捜索令状が取れるはずだ」

プルトップを開け、合田はコーヒーを流しこむように飲んだ。

「SSBCには、引きつづき画像や防カメ映像の分析と、そして史緒のSNSアカウントを探してもらっている。後者は見込みがあるそうだ。在登くんが通う小学校の公式アカウントには、六千を超えるフォロワーがいる。その中に史緒のアカウントがある可能性はかなり高い」

六千か――。高比良は内心でつぶやいた。時間さえあれば、と思う。スピードが命の特殊事件でなければ、と。しかし口に出しても詮ないことだ。

「紙袋をかぶったポルノ画像、おれにもデータをもらえますか」

高比良はスマートフォンを取りだした。

メールアプリで送られてきた画像を、クラウドに保存する。あらためて眺め、「史緒ではないな」と思った。史緒はもっと全体にほっそりしている。

ホーム画面に戻し、高比良は着信に気づいた。

浦杉架乃からだった。そういえば先日も着信があった。そのときも、やはり捜査で出られなかったのだ。悪いことをした。

――浦杉……。ああ、そうだ。

合田にことわり、高比良はいったん小諸邸を出た。

スマートフォンを操作し、電話アプリを立ちあげる。電話帳から呼びだしたのは架乃の父、浦杉克嗣の番号であった。

「高比良か？　どうした」

電話口に出た浦杉の声は、眠そうだった。高比良は声をひそめ、早口で告げた。

「夜分おそれいります。五分だけ、お時間いいですか」

「かまわんが、なんだ？」

「すみません。捜査中の事案で詳細は話せないんです」

高比良は前置きしてから、

「マル害の身内が疑わしいのに、上の判断が鈍くて動けずにいます。浦杉さんなら、こんなときどう動きますか？」

と訊いた。

「おれならって――」

浦杉は数秒黙ってから、

「ああ、亀戸のコロシの余波か」と言った。

さすが、話が早い。花蓮ちゃん殺しについては、浦杉も新聞やテレビのニュースで追っているに違いなかった。むろん、第一容疑者とされた義兄の自殺もだ。

「捜査本部は誰が仕切ってる？」

「岡平理事官です。切れ者と評判のはずなんですが」

「切れ者なのは確かだ」

浦杉は認めた。

「だがそれ以上に、上の意向を気にする慎重派でもある。だからこそ四十代で理事官になれたわけさ。昇進試験を最速で通れる頭脳、プラス世わたりの巧さだ」

「納得です」

相槌を打った高比良に、浦杉がさらに問う。

「で、疑わしい身内ってのは、マル害の母親。それと叔父です。マル害とどんな関係なんだ？」

「マル害の母親。それと叔父です。浦杉さんなら、どう動かれるか気になりまして」

「どうもなにも、詳細がわからないんじゃな」

浦杉はかすかな笑い声を響かせてから、

「だがまあ、おれなら役割から見なおす」と答えた。

「役割？」

「事件における役割さ。マル害の母親および叔父が、どの段階からどう事件にかかわって、どんな役割を果たしたか、端緒からさかのぼって見なおしをはじめる。一度もヘマをしない犯罪者ってのは、滅多にいないからな」

「なるほど。ありがとうございます」

礼を告げて高比良は通話を切った。ふうと息を吐き、夜空を仰ぐ。

秋から冬に変わりつつある世界は、しんと冷えて静かだった。ぶるりと身を震わせ、高比良は邸内へと戻った。

4

＊九月二十三日（土）　午後三時二十一分

「こんにちはあ！　どこ行くの？」

かん高い声に呼びとめられ、架乃は振りかえった。

いつも大声で「おはようございまあす！」「こんにちは！」と挨拶していく、例の小学生だ。一泊用に使っているショルダーバッグを、架乃はかるく振ってみせた。

「友達ん家。お泊まりしに行くの」

「ふうん。学校の友達？」

「ちょっと違うけど、大学生になってからできた友達だよ」

「そうなんだあ。ねえ、見て見て」

それよりこっちが本題、と言いたげに手を突きだしてくる。

ちいさな両手の爪には、百均ショップのジェルふうネイルシールがほどこしてあった。貼るだけの簡単なシールではあるが、ラメが入っていたり、ストーンがあしらってあったりと、なかなか芸がこまかい。

「見て。お母さんがしてくれたの、可愛いでしょ」

「うん、可愛い可愛い」

——すっかりなつかれちゃったな。

内心で架乃は苦笑する。

夏休みの終わり頃、少女が立ちどまってじっと架乃を見ていた。正確に言えば、架乃の手もとばかりをだ。

「なに？　こういうの、興味ある？」

なんの気なしにネイルを示して訊いてみた。すると思いのほか目を輝かせ、「ある！」と食いついてきた。以来、道で出くわすたびに、

「今日はどんな色？」

「新しくしたよね？　すっごい長いね！」

「お母さんがね、シールのだったら、土日だけ付けてもいいって！」

とネイルの話をしてくるようになった。

「あらあ、これシールなの？」横から大家が覗きこんでくる。

「最近はこんなのも百円で買えるんだ。よくできてるわねえ。子ども用とは思えない」

「いえ、子ども用ってわけじゃないんですよ」

架乃は手を振った。

「大学生でも使ってる子、けっこういます。安いから日替わりで使えるし、ピンクっぽいヌードカラーなら普段使いにできるし」

「そうなの？　けどいくらなんでも、わたしみたいなおばさんじゃ無理よね」

「無理じゃないよ！」

飛びあがって少女が抗議した。

「子どもっぽくない、おばさんっぽい色のもいっぱいあるんだから！　全然無理じゃない！　買いなよ！」

と失礼すれすれの勧めかたをしてくる。大家が噴きだした。

「あはは、そうなんだ。ありがとう。じゃあ今度おばさんも買ってみるね」

「そうして！」

つんと言い、駆け去っていく。

大家はその背に手を振ってから、架乃に向きなおった。

「浦杉さん、お友達の家に一泊するのね？　それがいいわよ。遅く帰ってくるより、泊まらせてもらったほうが絶対いい。最近このあたりは物騒だから」

「『あんしんメール』、このところ毎日鳴りますもんね」

架乃はうなずいた。

「ついこの前も、塾帰りの女子高校生が襲われかけたって聞きました」

「そうなのよう。そこらの道っぱたにワゴン車を停めてさ、めぼしい女の子が通りかかったら、殴って無理やり車に乗せるのが手口なんですって。おっかないったらありゃしない」

大家が己を腕で抱き、ぶるっと身を震わせる。

「だから浦杉さんみたいな若くてきれいな子は、用心してもしすぎるってことないのよ。帰りが九時過ぎるようなら、できるだけ泊まってきなさいな」


「……って、大家さんに言われちゃった」

「ははっ、いい大家さんじゃん。下町人情って感じ」

絢がのけぞって笑った。

絢の部屋から見る景色も、九月後半ともなるとすっかり秋めいてきた。ついこの前まではエアコンなしで過ごせなかったのに、いまは開けはなした窓から吹きこむ風が、頬に心地いい。

「ねえ、今夜ピザ取ろうと思ってんだけど、いい？」

伸びをしながら絢が言う。

「いつも三人で奇数だから、微妙に頼みづらいんだよね。架乃ちゃんもいて四人なら、ハーフ&ハーフを二枚がっつり食べれるじゃん」

「わたしはいいけど、いさ子さんはいいの？」

「いいよお。いいに決まってる。土曜の夜なんて、宅配ピザで済むならそれに越したことないもん。水輝のやつも、ピザなら喜んで食うしさ」

そこで、ふっと声を落とす。

「水輝も架乃ちゃんも——だいぶ痩せたからね。お母さん、心配してんだ」

胸を衝かれるような声だった。

架乃は反射的に口をひらき、思いなおして閉じた。そして「ごめん」とうつむいた。

「ごめん。食欲、なくって」

事実だった。

弟の墓前で母と会ってからというもの、架乃は四キロ痩せた。夏休み中で学食がないことが拍車をかけた。

朝食はコーヒーとアイス。日中はほぼベッドで過ごして昼食はなし。夜も抜くか、もしくはアイスか缶ビールのみ。そんな日々だった。一時期は柔らかいパンやお粥すら、胃が受けつけてくれなかった。

「架乃ちゃん、そこはごめんじゃないっしょ」

絢が呆れ顔で笑う。

「『心配してくれてありがとう』でしょ」

「そうだね。……心配してくれて、ありがとう」

「おっ、素直じゃんかぁ」

架乃の肩をぽんと叩き、絢は立ちあがった。

「ピザ屋のチラシ持ってくんね。うちの家族ってメニューの冒険しない人だからさ、毎回シーフードとマルゲリータでつまんないんだ。うちらの注文は、定番をちょっとはずそうよ」


ピザの一枚目は絢が言ったとおり、シーフードとマルゲリータのハーフ&ハーフ、もう一枚はダブルハラペーニョの厚切りイベリコと、プルコギスペシャルになった。

全員で和気あいあいと食べたあとは、絢の部屋に二人で戻った。いまはお互いの手もとに、ハイボールの缶を一本ずつ置いている。

「で、なんなの？」

絢が切りだした。

「今日は真面目な話がある、って言ってたよね」

「あ、うん」

架乃はへどもどと首肯し、「ごめんね。いきなり」と視線を下げた。

「ごめんはやめてってば。うちのほうもちょうど、架乃ちゃんに話あったしさ」

「話？」

「まあ、それはあとで。架乃ちゃんからどうぞ」

架乃はいま一度ためらった。だが結局、話そうと決めた。この件を打ちあけなければ、いつまでも堂々めぐりな気がする。前へ進めず、同じ場所でとどまるだけに思える。

「じつは、その——信じてもらえるかわからないんだけど……」

そうして架乃は〝ＫｉｋＩ〟について話した。

弟の死はすでに絢に打ちあけてあった。しかし〝ＫｉｋＩ〟と浜真千代については、いまだ口にできていなかった。

架乃は話しながら記憶を掘り起こし、思いをめぐらせた。浜真千代を憎み、恐れていること。だが〝ＫｉｋＩ〟に対しては、いまも複雑な慕情（ぼじょう）があること。ときには〝ＫｉｋＩ〟にまた話を聞いてもらいたいと願う夜すらあること。両親の離婚を知って以来、その思いがさらに強まっていること――。

「……変な話でしょ」

語り終えて、架乃はハイボールを啜った。

「わけわかんないよね。自分でも、おかしなこと言ってると思う」

そう自嘲する架乃に、

「うーん。そうだね。もちろんわかりづらい話ではあるけど」

絢が腕組みした。

「でも、あれだよ。架乃ちゃんは自分を卑下しすぎ。たとえば架乃ちゃんがさらわれた事件でだってさ、ちゃんと成果っていうか、結果出してんのに」

「え」

一瞬意味が取れず、架乃はぽかんとした。絢がつづける。

「だって架乃ちゃん自身、思ってるっしょ？　事件がもとで、お父さんを取りかえせたって。うちもそこはガチと思うよ。ちゃんと〝かすがい〟の役やれてたよ。架乃ちゃんは、自分をやたらに責めすぎ」

「でも……、でも両親は結局、離婚しちゃうし」

「それはしかたないって」

絢はさらりと言った。

「そこは父親と母親の、夫婦の問題だもん。けど架乃ちゃんのお父さんは、事件の前は父親の立場すら放棄してたんでしょ？　でも事件をきっかけに、父親として戻ってきたわけだ。こういう言いかたはあれかもだけど、うちの両親は離婚じゃなくて死別だから、うらやましいよ。両親が夫婦として駄目になったって、お父さんが架乃ちゃんの父親をやめるわけじゃないじゃん。父親は頑として存在してるし、関係だっていいんだからさ。頼ろうと思えば、いつでも頼れるんだよ。うらやましい」

「ああ、うん……」

架乃はうつむき、缶を握りしめた。

「でも……罪悪感が、消えないんだよね」

「罪悪感なんて、持つ必要ないってば。架乃ちゃんはなんも悪くない。さっきも言ったとおり、夫婦の問題だよ」

絢が幾度も手を振る。

「架乃ちゃんのお父さんは、いったん家庭に戻った。戻って、向きあって、お母さんと話しあった。それで駄目ならしょうがないじゃん。お父さんが逃げっぱなしならよくないけどさ。でもちゃんと話しあって出た結果なら、受け入れるしかない」

「絢ちゃんって……」

　架乃はため息をついた。

「人間できてるよね。わたしは、そんなふうにすぐ切り替えられない」

「そりゃそうでしょ」絢が肩をすくめる。

「しょせんうちは、外野だから言えんだよ。けど一人で悩んでるより、外の意見も入れたほうがマシだろうから言うってだけ」

　絢が缶を振って、

「二本目、いく？」と訊いた。

「お願い」

「ん、待ってて」

　絢はおかわりの缶を二本と、チェイサーの水を角盆にのせて戻ってきた。新たな缶を受けとり、架乃は言った。

「それで、絢ちゃんの話ってなに？」

「えー、いきなりこっちに振るかぁ」

「空気切り替えたいからね」

「あー、うん、そうか……」

一転して絢は歯切れ悪く、こめかみのあたりを掻いた。缶のプルトップを開け、ひと口飲んで、声を落とす。

「じつは、その――東京を離れようかと思ってる」

「……え？」

あやうく架乃は、缶を落としかけた。

絢をまじまじと見つめる。逆に絢は視線をはずして、

「『Selang』の支店が京都にできるんだって。鮎子さん、そっちへ行くらしいの。そんで、うちもついて行こうかなって」と言った。

「そんな。だって、大学はどうするの」

「編入できそうなの。推薦の当てがあってさ」

「編入って、どこに」

絢は恥ずかしそうに答えた。その返答に架乃は息を呑んだ。

法学で有名な大学だ。教授も粒ぞろいである。あそこの法曹コースに編入できるなら、正鵬大よりはるかに多くを学べるだろう。

「でさ、水輝も連れていこうと思ってんの。あの子をいまの環境から、離してやりたいし」

「で、でも、いさ子さんは？　いさ子さんは、仕事があるでしょ」

「うん。だからお母さんとは、しばらく別居になる」

ことともなげに絢は認めた。

「でもいずれは合流して、向こうでまたいっしょに暮らすつもり。生活については、鮎子さんも協力してくれるって。もともと『Selang』の本拠地って関西だし、京都にいるほうがオーナーとも連携取りやすいみたい」

架乃は呆然としていた。

言葉が見つからない。なんと言っていいかわからない。

「行かないで」と言うべきなんだろうか。それとも笑顔で「おめでとう」と喜んでやる場面か？

おめでとう、寂しくなるよ。離れてもSNSがあるから大丈夫だよね。たまには東京に遊びに来てね——と？

そんな言葉は言いたくなかった。喉の奥で、声が干上がっていた。

無言の架乃に、絢が姿勢を正して向きなおる。

「ねえ。架乃ちゃんも、うちと行かない？」

まっすぐな瞳だった。

「架乃ちゃんなら編入試験にきっと受かるよ。ね、うちといっしょの大学に通ってさ、水輝と三人で住まない？　鮎子さん名義のマンションに、卒業まで住んでいいって言われてんだ。3LDKだから、三人で住むのにちょうどいいよ。みんなで勉強しながらバイトして、ちょっとずつ鮎子さんにお金返していくの。どう？」

ああ、いいね。架乃は内心でうなずいた。

すごく素敵だと思う。そうできたら、どんなに楽しいだろうと思う。なのに、なぜだろう。声がうまく出てこない。

「それとも架乃ちゃん――。東京に、まだやり残したこととか、未練がある？」

ないよ。架乃は胸中でつぶやいた。

なにもない。この地に、この街に、未練なんかなにひとつない。

だがやはり、架乃は「行く」とは言えずにいた。


一夜が明け、瀬川家から自宅のアパートへ戻ると、もう午前十時近かった。抜けるような秋晴れだった。寝不足の身に、陽射しの強さがこたえた。風に揺れるコスモスのピンクや、サルビアの赤が、しょぼつく目に染みて痛い。

「おはようございまあす！」

「おはよ」

いつもの少女の挨拶も、脳に直接がんと響く。二日酔い気味の胃が、みぞおちで不快に揺れる。

「今日ね、お母さんとお父さんとお兄ちゃんと、お出かけなんだよ」

「へえ、いいなあ」

架乃はおざなりに相槌を打った。笑顔をつくるので精いっぱいだった。申しわけないが、いまは親身に応えてあげられそうにない。

「えへへ。いいでしょ。またね！」

「うん」

駆けていく少女に、架乃は手を振りかえした。

「またね、花蓮ちゃん」

5

＊十一月十八日（土）　午後十時三十四分

小諸邸に戻った高比良は、史緒を監視しつづけた。

けっして史緒の視界には入らぬよう注意しつつ、彼女が立てばそっと追い、トイレに入れば扉の開閉が見える位置に陣取った。

史緒に付いている女性警察官と絶えず目くばせし、ごくちいさなジェスチャーで合図を送りあう。

——しかし、狂言誘拐だとしたら動機はなんだ？

ごく普通に考えるならば、金と色だろう。史緒と功己がデキていて、駆け落ちの資金がほしかった、というところか。

史緒は専業主婦の身だ。功己は小諸家の扶養下にあるも同然で、個人名義の財産はごく乏しい。

先代の小諸昇平が亡くなったとき、遺産の五割を登紀子が、三割を長男の成太郎が遺言によって相続した。功己には法定の遺留分だけで、その金も借金の返済ですぐに溶けたという。

小諸家を捨てて二人で逃げたくとも、先立つものがなくては無理だったろう。

——だとしても、わが子をだしに使うか？

高比良は眉間を揉んだ。

やはり史緒の、在登への愛情は見せかけなのか？　あの憔悴ぶりはすべて演技か？　愛のない夫との間にできた子など、疎(うと)ましいだけなのか？

――もし狂言誘拐なら、いま在登くんはどこにいる？

「富安班長」

特殊班の捜査員が、かたわらの富安に小声で言う。

「情報が入りました。『こもろ総合法律事務所』名義の車は四台ありますが、そのうち白のセダンが、該事務所の駐車場に見当たりません」

白の乗用車。つまり煙草屋の女主人が目撃した車だ。

とはいえ、即断はできない。成太郎が空港まで乗っていき、そのまま空港の駐車場に置きっぱなしかもしれない。

犯人が公衆電話を使った図書館および総合病院には、それぞれ駐車場やコインパーキングに防犯カメラが備わっていた。映像データはすでに取り寄せ、ＳＳＢＣが該当時間に出入りした車をチェック中だが、映像精査には時間がかかる。

ただ、朗報もふたつあった。

一つ目は、史緒のＳＮＳアカウントが見つかったことだ。

予想どおり、彼女は小学校の公式アカウントをフォローしていた。アカウント名は『ＡＲＵＭ』。おそらく〝在登ママ〟の略だろう。アップされた動画や画像に映りこんだ背景が、間違いなく小諸邸のインテリアであった。

「過去の動画を当たっていけば、功己の音声データが入手できるかも」

と分析捜査班は言った。

「もし音声データが取れなくとも、史緒自身の過去の書き込みや画像から、なにかしら情報は得られるでしょう」とも。

ふたつ目は、勝手口の防カメデータに不審点を見つけたことである。人の出入りがないため映像に動きがなくわかりづらいが、五分ほど時間が飛んでいると判明したのだ。

一方、高比良は合田にこう頼んでいた。

「史緒が事件にかかわった、そもそもの端緒から見なおしたいです。となればやはり、本日午後二時三十六分の一一〇番通報からでしょう。そのときの音声データも取り寄せ、通常の声と比較分析をお願いします」

いまのところ、指揮本部にすべての情報を渡してはいなかった。

史緒のＳＮＳアカウントを発見したとは報告済みだが、ＳＳＢＣとのやりとりは微妙に伏せてある。富安と岡平理事官の肚の探りあいが、水面下で静かにつづいていた。

「班長。都銀の嶋木支店長から入電です」

「なに？」

部下からの声に、富安が片眉を上げた。

「史緒に用か？」

「いえ、われわれ宛てにです」

「ほう？　いいだろう、繋げ」

嶋木は自宅に戻り、自前のスマートフォンからかけてきていた。さきほど小諸邸を訪れたとき、特殊班の捜査員が彼に名刺を渡したのだ。その名刺に刷られた携帯番号へのコールであった。

「わたしが電話したとは、内密にしてもらえますか」

と嶋木は前置きし、言った。

どうも、登紀子さまの様子がおかしい——と。

嶋木が言うには、史緒が客間を出て二人きりになった途端、登紀子は奔流のようにしゃべりだしたという。

まずは嫁である史緒の悪口だ。これはまあいつものことであった。

礼儀がなってない。態度がよくない。センスが悪い。立居ふるまいが気に入らない。あんな人に在登ちゃんを任せておけない、と糞味噌だった。

しかし今日は、奇妙な方向に話題がそれていった。

登紀子はひとくさり史緒を罵ったのち、急に切りだしたのだという。

「ねえ嶋木さん、女性を男性に性転換させる手術って……日本では、どちらの病院でできるんでしょう?」

嶋木は呆気にとられ、

「は?」

と問いかえした。

しかし登紀子は真剣だった。

「あなたの銀行は、各病院にも融資をしてらっしゃるでしょう。だったらひととおりの知識はありますわよね? 心配しないで。お金に糸目は付けませんし、あなたからお聞きしたとも、誓って口外しません」

まばたきもせず言いつのる登紀子の目に、嶋木は狂気の色を見た。腕に、ぞわりと鳥肌が立った。

——この人、ついにおかしくなったか。

孫が誘拐されたショックで、精神の糸が切れたのか。嫁憎しの念が嵩じると、人間はそんな領域にまで行ってしまうものなのか——。

「性別適合手術ですか、はは。テレビのCMで有名な美容形成外科なんかで、やってるんじゃないですか? わたしは毎月の試算表で売掛金の推移を見るだけなので、具体的な医療行為については全然なんですよ。あははは」

あいまいな愛想笑いで、嶋木は逃げた。

そして電話が鳴ったふうを装い、登紀子を振りきって帰宅したのだという。

「小諸家ならびに登紀子さまは、長年のお得意さまですからね。警察に報告すべきか、迷ったんですが……」

スピーカーから流れる嶋木の声は、苦渋に満ちていた。

「ですが今回は、事件が事件ですから。もし在登くんが無事に帰ってこなければ、登紀子さまはもっと心の均衡(きんこう)を崩されるでしょう。そうなれば、ほんとうに史緒さまに危害を加える可能性も……。帰宅してからというもの、考えれば考えるほど怖くなりまして、お電話した次第です」

「いや、それで正解です。ありがとうございます」

折り目正しく、富安は礼を言った。

「ところで、登紀子さんとあなたが二人で話した時間は、おおよそ何分ほどです？」

「え？　そうですね。二人だけでなら、十分くらいかと」

「そのうち何割が、史緒さんの話題でしたか？」

「九割です」

嶋木は即答した。

「普通なら、もっと在登くんの話題が出るべき場面じゃないですか。だからよけいに、ああ平常の登紀子さまではないんだ、と思いました。ときおり『アルちゃん、寒くないかしら』『お腹すかせてないかしら』と言うことはあれど、なんというかこう、全体にうわのそらというか」

「なるほど。ありがとうございました」

礼を言い、富安は通話を切った。

「聞いたか？　合田」

富安が合田に向きなおる。

「溺愛する孫が誘拐されたってのに、ろくに心配してやがらんとよ。おまえ、あのばあさんがショックでおかしくなるタマに見えるか？」

「いや、まったく」

合田がかぶりを振る。

「周囲にヒステリックに当たりちらす姿なら想像つくがな。だが喚きながらも、完全に理性を手ばなすタイプじゃない。最終的には損得勘定がまさる女だ」

「だよな。おれもそう思う」

うなずいて、富安は腕組みした。

「ますます狂言誘拐の線が強まってきたぜ。だが風向きは変わったな。こりゃ主犯は、史緒でなく登紀子なのか？　確かに登紀子のほうが肝は据わってそうだが、彼女が犯人なら、動機はなんだ？　わけがわからん」

「たとえば……そうだな」合田が思案する。

「誘拐事件をでっちあげることで、史緒に『跡取り息子がさらわれたのは、おまえの不注意のせいだ。母親失格だ』と烙印を押し、離婚させて親権を取りあげる——とか？　肝心の成太郎が離婚にうんと言わないので、成太郎の海外出張中を狙った？」

「ふん、迂遠すぎる計画だ。登紀子向きじゃあねえな」

富安が肩をすくめる。

「だが登紀子が主犯なら、在登くんをおとなしくさせてはおける。その場合、やはり共犯は功己かね？」

「だろうよ。功己は妾の子じゃないかと陰で噂されながらも、なんだかんだでマザコン気味だったらしい。無職の功己にとっては、母親が頼みの綱だしな」

「ではやはり、功己のマンションにガサを入れたいな」

考えこんでから、富安は顔をしかめた。

「それにしても、息子の嫁を男に変える手術だと？　登紀子はなにを企んでやがる。おかしな宗教にハマったか、占い師にでもそそのかされたか？」

「占いかはわかりませんが、登紀子についてあらたな情報です」

パソコンの前に座る捜査員が挙手した。

「例の児童ポルノ画像を、玄関ポーチに撒いたのは登紀子でした」

「なに？」

富安が目を剝く。

「小諸家の防カメからは死角でしたが、ななめ向かいの家が所有するテスラのドラレコに映っていました。嶋木といっしょに入ってきたとき、彼をさきに行かせるふりをして、防カメの死角かつドアの陰になる位置から、植木鉢の下あたりにふわっと撒いてましたよ」

「なにを考えてんだ、あのばあさん」

合田は頭を抱えてから、

「だがまあ、これで登紀子を詰めるネタはできたな。どうする？」

と富安を見やった。

「登紀子を任意同行(ニンドウ)で引っぱるか？　それとも、もうちょい泳がすか？　前線本部のボスはおまえだ。おまえが決めてくれ」

「ううむ……」

富安がむずかしい顔で唸ったときだ。

高比良の海馬を、ふいに浦杉の声がかすめた。

――おれなら役割から見なおす。

――どの段階からどう事件にかかわって、どんな役割を果たしたか、端緒からさかのぼって見なおしをはじめる。

「係長」高比良は、合田にささやいた。

「登紀子がかかわった端緒のほうも、知りたいです。同じく通話記録を取り寄せましょう。それと、法務省に出帰国記録の開示請求をかけていただけませんか」

「うん？」

合田の目がにぶく光った。

「おまえ、なにか閃いたか」

「ええ。じつは……」

高比良が言いかけたとき、

「富安班長！」

特殊班員の叫びが、室内の空気を裂いた。

つづいた声はうわずっていた。その内容に、室内の誰もが息を呑んだ。

たったいま池袋のコンビニで、小諸在登が交番勤務員に保護された――という報せであった。

6

＊十月十二日（木）　午後七時二分

架乃は自分のアパートにいた。一人ではなかった。床にうずくまった水輝の横に寄り添い、じっとその肩を抱いていた。

絢からＬＩＮＥが来たのは一時間近く前のことだ。

「架乃ちゃんとこ、女性専用アパートだよね？」

「そうだよ」

すぐに返信を打った。さらなる絢の返事は、予想だにしないものだった。

「ごめん。今夜一晩でいいから、水輝を預かってくれないかな。確実に同性しかいない場所なら、妹も安心できると思う」

「いいけど、どうしたの？」

「着いてから説明する。ほんとはタクシーで行きたいとこだけど……お金ないから、電車で行くね。ああもう、大阪みたいに、女性専用車両が終日あればいいのに」

架乃は慌てて着替え、駅まで彼女たちを迎えに走った。

絢は、水輝を支えるようにして改札の出口に立っていた。そして水輝の顔いろは、青を通り越して白かった。紙のような、生気のない白さだ。

絢とともに水輝を支えつつ、架乃はアパートへと戻った。

部屋に入り、ドアを施錠する。水輝を中へと通す。座らせてすこし落ちつかせてから、架乃は絢に目くばせした。

ワンルームなので、ほかに部屋はない。二人で浴室に移動した。

「なにがあったの？」

「……前にさ、水輝が二階上の大学生に、エレベータでいやな思いさせられたって言ったじゃん？　あいつと水輝が、またかち合っちゃって」

このところ水輝もすこし回復し、エレベータを使えるようになった矢先だった。

学校帰りの水輝は一階から乗りこんだ。だが二階から、例の男子大学生が乗ってきた。ただし今回は彼一人であった。

水輝の顔を見るやいなや、男子大学生はエレベータのボタンを全階押したという。思わず身を強張らせた水輝に、彼は笑顔で言った。

——ねえ、おれのこと、覚えてるよね？

水輝は答えず、筐内の角に体を押しつけた。すこしでも遠ざかりたい一心だった。しかし男子学生は、気にする様子もなくつづけた。

——おれさあ、ずっときみのこと、いいなと思ってたんだよね。

その後のやりとりを、水輝はよく覚えていないらしい。ともかく、必死に彼を拒否したことだけは確かだった。水輝がわれに返ったときには、

「……もう殴られてた、らしいの」

絢が顔をゆがめて言った。

「殴られた？　でも、顔に痣とかは」

なかったよね？——と言いかけた架乃に、

「ここ」

絢が己の乳房を指さした。

「ここばっかり、何度も殴ってきたみたい。『おまえみたいなガキ、本気で誘うわけねえだろ』『調子のんな、ブス』って怒鳴りながら」

水輝は命の危険すら感じたという。

しかしさいわい、六階から人が乗ってきた。男子学生はそれまでの昂ぶりが嘘のように、しれっと水輝から離れた。

水輝はわななく膝を操りながら、なんとか七階で降り、自宅のチャイムを押した。鍵は持っていたが、手が震えてなかなか鍵穴に挿しこめなかったという。

「中からうちがドア開けたら、その瞬間にあの子、ぼろぼろ泣きだしてさ。……びっくりしたよ。ていうか、こっちまで怖かった」

「け、怪我は？　殴られたなら、骨折したかも」

「うん。病院には明日連れていこうと思ってる。かかりつけの医院、もう診療時間終わってるもん。救急だと医者が男性の確率高いしさ」

「そっか。そうだね」

架乃はうなずいた。

「絢ちゃんも泊まってく？」

「ううん。うちは帰って、お母さんと話しあう。ごめんね架乃ちゃん、いきなりこんなこと頼んで。でも水輝が、あいつと同じマンションにいたくないって言うから」

「だよね。気持ちはわかるよ」

今夜は任せて、と架乃は請けあった。

絢を見送り、部屋へ戻ると、制服のままだった水輝を着替えさせた。

ブラのハーフカップから覗く水輝の胸には、確かに打撲の跡が重なっていた。内出血で赤紫になっている。

架乃の下腹が、怒りでざわりと波打った。わざと性的な部分を狙って殴る、その性根が忌々しかった。

夕飯を勧めたが、水輝は「食欲がない」と言い張った。しかたなく、インスタントのカップスープだけを飲ませた。早々にベッドへ入らせ、寝付くまでそばにいた。

寝息が途切れなくなったのを確認し、立ちあがる。

スマートフォンを持って、ふたたび架乃は浴室に向かった。

浴槽のへりに腰かける。画面をタップし、電話アプリを立ちあげる。かけた相手は、加藤鮎子だった。

「架乃ちゃん？　どうしたの」

「夜分にすみません。いま、お時間いいですか」

かるく咳をし、架乃は喉をととのえた。

「ちょっと……聞いていただきたいことがあって」

じつは水輝がいまうちにいるのだ、と架乃は鮎子に打ちあけた。

予想どおり、鮎子はすでに絢から報告を受けていた。

だが架乃はさらに語った。水輝の胸に散った内出血について話し、どんなに憔悴して見えるかを訴えた。訴えながら、頭の片隅で考えた。

――もしあなたが浜真千代なら、ここでなにかしらの行動に出るんじゃない？

わたしを懐柔(かいじゅう)しようとしている、あなたの立場なら、と。

だって真千代の狙いは、わたしだ。

浦杉克嗣の娘であるこのわたし。将を射んと欲すればまず馬を射よ、だ。絢はあくまで、わたしを手なずけるための手駒だろう。同時にわたしも、父を射落とすための道具に過ぎない。

水輝を殴った大学生は、真千代の手下だろうか？　とも考えた。

しかし「違うな」とすぐに打ち消した。

絢の話では、くだんの大学生は家族と二階上に住んでいるという。身元がしっかりしており、被害者の水輝と接点がありすぎる。これほどすぐ捕まりそうな駒を使うのは、真千代の手口ではない。

――鮎子がもし真千代なら、わたしを完全に手中にするまでは、瀬川姉妹を大事にするはずだ。

すくなくとも自分の手下ではない男に、水輝を痛めつけさせてはおくまい。真千代は支配とコントロールの人間だ。己のテリトリーを荒らす他人を許さない。

――そして、わたしは。

架乃は目を閉じた。

――心のどこかでわたしは、そうあってほしいと願っている。

自分の想像が当たっていてほしい。鮎子が浜真千代であってほしい。真千代にあの男子学生を罰してほしいと、昏い期待を抱いている。

鮎子への報告を終え、架乃は言葉を切った。短い沈黙が落ちる。

「架乃ちゃん」

電話の向こうで、鮎子が言った。

「――あなた、大丈夫？」

ぐっと架乃の喉が鳴った。

いつかも訊かれた問いだ。そのときは「大丈夫です」と答えたはずだった。

しかし。

「大丈夫じゃ、ありません」

押しころした声で架乃は答えた。本心だった。

「全然、大丈夫じゃない。……限界です」

7

＊十一月十八日（土）　午後十一時十五分

小諸在登は、池袋駅西口交番に保護されていた。

夜の十時半ごろ、歓楽街にほど近いコンビニに一人で入ってきた彼を、店長があやしんで通報したらしい。

なお保護されたときの服装は、カーキ色のウインドブレーカーにベージュの綿パンツ、臙脂のスニーカーであった。

史緒が証言した「グレイのフード付きジャケット、白のシャツ、黒のストレッチパンツ、白地に青ラインと青い靴紐のスニーカー」とはまるで一致しない。スニーカーはむろん、両足とも履いていた。

在登はキッズスマホを持っておらず、所持金もゼロだった。

コンビニに駆けつけた交番員に氏名と住所をはきはきと答え、

「今日はずっと叔父さん家にいました。叔父さんっていうのは、お父さんの弟。『出ちゃ駄目』って言われたけど、叔父さん家にはゲームとかなんにもないし、スマホも持ってかれちゃって、退屈だから抜けだしました」

と恥ずかしそうに認めた。

「その『出ちゃ駄目』を、きみに言ったのは誰なの?」

女性巡査が問う。在登ははっきり返答した。

「おばあちゃん」

また在登の言う「叔父さん家」とは、功己が現在住んでいる登紀子名義のマンションだった。池袋駅西口交番から、徒歩八分の距離である。

一連の報せを聞き、

「よし!」

富安は勢いよく膝を叩いた。

「これで岡平理事官も、ぐうの音も出んだろう。大手を振って堂々と令状請求をかけてやる。小諸功己のマンションをガサ入れするぞ!」

また高比良が合田に頼んだ件も、次つぎと結果が出た。

ひとつ目は出帰国記録である。

記録調査書によれば、小諸成太郎は今日の昼過ぎに成田空港へ着いていた。『こもろ総合法律事務所』にすら報せのない、突発的な帰国であった。

さらに成太郎がバンコクで扱っていたはずの離婚案件も、架空だったとわかった。正確に言えば、とうに終わった案件だった。

顧客の次男坊がタイ警察に拘束中なのはほんとうらしい。しかし離婚係争とは、まったくの別件であった。

追及された所員や事務員は、青い顔でもごもご答えた。

「所長は抱えている案件について、われわれと情報共有しないことが多いので……。それに海外出張となると、向こうで女性と……というケースも多いですし……」

要するに女癖のよくない成太郎が海外でおいたをするのを、事務所の全員で長年黙認していたようだ。

そしてふたつ目は、本日午後二時三十六分に通信指令センターが受けた、一一〇番通報の音声データ解析の結果である。

「う、うちの子が、息子が」

うわずった女性の声だった。

た。

「うちの子が、さらわれ――……」

そこでぶつりと切れた電話の声は、声紋分析の結果、史緒ではなく登紀子のものと確定した。

比較に使った音声は、史緒のSNSに上がった動画データである。

在登の去年の誕生日に、史緒はバースデイケーキを囲む家族の動画をアップロードしていた。わずか二分十五秒の動画ではあったが、成太郎、史緒、在登、登紀子、功己と、本件にかかわる親族全員の声がおさまっていた。

富安は令状請求の手つづきを指示した、次いで高比良に命じた。

「小諸史緒を連れてこい」

「了解です」

高比良は立ちあがった。

史緒はいまだ気分が悪いと言い張り、寝室とトイレを往復中だ。かたくなにスマートフォンを離さず、女性警察官に心を許すどころか、殻に閉じこもる一方に見えた。

――狂言誘拐に、史緒がまったく無関係とは思えない。

ひとりごちながら階段をのぼり、寝室へ向かう。

だが寝室に史緒はいなかった。高比良の顔つきで悟ったか、女性警察官が二階のトイレの扉を無言で指した。

――この狂言誘拐の動機は、なんなんだ？

廊下を戻りつつ、高比良は思案した。

全員共犯ならば、金ではあり得ない。わが子、わが孫を利用してまで銀行から金を引っぱるような困窮から、小諸家はほど遠い。また成太郎に対する史緒と功己の私怨なら、登紀子が加担するはずがない。

――それに児童ポルノ画像にまぎれこんでいた、あのワンカットはなんだ？

暴力的に輪姦されていた女性は、まさか史緒でなく登紀子なのか？

確かに体形は、史緒よりも登紀子のほうに近かった。登紀子の暴行事件を理由に、小諸家は誰かに脅されたのだろうか？　忌まわしい醜聞を抑えるため、全員が一致団結したというのか？

高比良はトイレの扉の前に立った。

「小諸史緒さん」

ノックして、呼びかける。

「在登くんが、池袋駅西口交番員に保護されました。現在、指揮本部のある玉川署に移送中です」

いらえはなかった。

「在登くんは利発な子ですね。しっかりと受け答えし、説明も理路整然としています。わたしの言う意味は、おわかりですね？」

やはり応える声はない。

「あなたもまた、利巧な人だ。学生時代は評判の才媛だったそうじゃないですか。……もう一度言いますが、わかっておられますね？　すべて、終わりです。在登くんは保護されました。功己さんと登紀子さんのマンションには、これから捜索令状が出ます。成太郎さんが帰国済みであることも、警察はとうに把握しています」

扉の向こうで身じろぎする気配があった。

高比良はつづけた。

「史緒さん。出てきてください。この事件でひとつわからないのは、動機です。あなたがたがなぜこんな真似をしたのか、それだけがわからない。だから史緒さん、あなたに話してほしいんです。小諸家とこの事件について、客観的に語れるのはあなたしかいない。出てきてください」

静寂があった。

高比良は無言で待った。

やがて扉越しに、立ちあがる気配がした。扉が薄くひらく。

覗いた史緒の顔は、泥人形のようだった。頬に血の気がない。唇は乾いて色がなく、両の瞳がよどんでいた。

「……在登は、無事ですか？」

細い声だ。高比良は首肯した。

「かすり傷ひとつありません」

「そう。よかった」史緒はため息をついた。

「どうぞ」

スマートフォンを、高比良に差しだす。

「この中身を見れば、すべてわかります。――わたし、疲れました。もうなにもかも、うんざり。在登に早く会わせてください」

数分後、スマートフォンから見つかった動画に、富安ら特殊班員は目を剝いた。

児童ポルノにまぎれこんだ例のワンカットだ。大もととなる動画がそこにあった。紙袋を頭にかぶせられ、血まみれで輪姦される凄惨な三分間であった。

データは小諸成太郎のアドレスから、メール添付で史緒宛てに送られていた。

最後に紙袋をはずし、被害者の顔をあらわにして動画は終わった。

8

＊十月二十五日（水）　午後一時十六分

架乃はネイルサロン『Selang』で、鮎子と向かいあっていた。

畳敷きの個室に座り、テーブルを挟んで鮎子に右手を預けている。

このところ雨がつづいたが、ようやくきれいに晴れあがった。籠目編みのラタン棚に並ぶ、真鍮（しんちゅう）のガネーシャや仏像が陽を弾いてまぶしい。

「架乃ちゃんは、強そうなのがいいのよね？」

鮎子が微笑む。

「今日はつや消しのマットなブラックとかどう？　もしくはブラックをわざとむらに塗って透け感を出して、ミラーパウダーで仕上げるとか」

「マットでお願いします」

「わかった。マットなブラックね」

うなずいてネイルセットに顔を向けた鮎子に、架乃は言った。

「――先週から、例の大学生が行方不明だそうです」

例の、という短い単語に、万感をこめた。

「らしいね」

鮎子が答える。

「絢ちゃんから聞いた。親御さんが、そうとう心配しているみたいね。マンションでチラシを配ったり、管理会社に協力させて情報を募ったりと、頑張ってらっしゃるとか。でも警察はとくに捜査してないみたい。成人してるし、事件性はないと見ているんでしょう」

「家出ですかね」

「うん。ただの家出ね」

鮎子がやすりを手に取る。目の細かいやすりで、架乃の爪にサンディングしていく。

いつもの甘い香りが、架乃の鼻さきをくすぐった。

「絢ちゃんとは、いつ京都に行くんですか？」

「寒くなる前に」

鮎子は即答した。

「あの大学の編入試験は、ちょっと遅めでね、一月なの。引っ越しでばたばたした直後じゃ、かわいそうでしょう。ただでさえ三年次編入は慌ただしいのに」

「まだ二年生を終えてないのに、三年次編入できるんですか？」

「六十二単位以上を取得していれば大丈夫。絢ちゃんは余裕だし、架乃ちゃんだってそれくらいの単位はもう取ったでしょう？」

「ええ。まあ」

架乃は言葉を濁した。そして、つづけた。

「編入できる当てって――そのコネって、やっぱり鮎子さんなんですね」

鮎子は答えなかった。

テーブルの下で、ひそかに架乃は左手を握りしめた。

――この人は、やはり。

やはり浜真千代だ。そうとしか思えない。

水輝を殴った大学生を消し、絢を京都へ連れ去るべく手をまわした。そんなことができる人間は、ほかにいない。

その鮎子が、わたしを父から引き離そうとしている。

安心させ、信用させて懐柔した末にだ。最終的なターゲットは、あくまで父だ。魂胆はすべてわかっている。わたしを利用するだけして、いずれは紙屑を打ち捨てるように殺す気だろう。

——なのに。

なのに、それでも鮎子に付いていきたい——。

そんな思いを、いまや架乃は無視できなくなっていた。

もしかしたら殺されないかもしれない。彼女がわたしを気に入っているのはほんとうで、一味にしてもらえるかもしれない。

もしそうなら、母のいない地で、弟のことは忘れてやりなおしたい。絢と水輝と、三人で暮らしたい。鮎子に庇護されながらだ。編入試験に受かれば、名門大学の法曹コースにだって通える。夢のような暮らしだ。

それはおそろしく魅力的で、甘美（かんび）な誘いだった。

ずっと架乃は考えつづけていた。鮎子が真千代だとわかったら、わたしはどうするだろう。弟の仇を討ちたい、復讐したいと思うだろうか？

答えはすでに出ていた。否だ。

架乃はもはや、弟の死をそれほど悲しんでいない。復讐のため自分の人生を棒に振るほど、弟を手ばなしに愛せない。

「ねえ、架乃ちゃん」

やすりを置き、鮎子が言う。

「――絢ちゃんや水輝ちゃんといっしょに、わたしと来ない？」

だが架乃はやはり、即答できなかった。

レジで料金を支払い、バッグを受けとる。そのときになって、ようやく声が出た。

「考えたんですけど、――」

言葉が喉にからんだ。

「ごめんなさい。……やっぱりわたし、行けないです」

「そう」

鮎子はまぶたを伏せた。架乃も目をそらした。

「すみません。ごめんなさい」

「いいの。気にしないで。人生を左右する重大事だものね。わたしこそ、無理強いして悪かったわ」

言いながら、鮎子はレジスターの下から小箱を取りだした。

「でも、これだけ受けとって」

「なんです？」

高級なチョコレートでも詰まっていそうな、硬い紙箱だった。訝しみながらも、架乃は箱をバッグに入れ、店を出た。

帰宅して、すぐにバッグを開けた。

紙箱を取りだす。なぜか、電車の中で見てはいけない気がした。箱の蓋を開け、架乃は眉根を寄せた。

――USBメモリ？

しばし、ためつすがめつした。

中身を早く確認したい思いと、知りたくない思いがせめぎあう。いまは後者が勝った。USBメモリを箱に戻し、箱ごとチェストの抽斗（ひきだし）にしまった。

――まずは、ひと休みしよう。

着替えて、お茶でも飲んで……。つぶやきながらケトルに水を入れ、コンロにかけた。スマートフォンを手に取る。ニュースでも観ようとポータルサイトに繋ぐ。

途端、架乃は立ちすくんだ。

目が、画面の一部に吸い寄せられる。離せなくなる。

全身の血が、一気に足もとまで引いた気がした。

トップのニュースだった。速報だ。

――河原で見つかった遺体、行方不明の磯川花蓮ちゃんと確認。

「え……」

花蓮ちゃん？　磯川花蓮ちゃんだって？

まさか、と思う。まさか、同姓同名の他人に決まっている。わたしの知るあの子――水色のランドセルの、あの花蓮ちゃんのはずがない。

だがつづく記事の文字が、そんな希望をたやすく打ち砕いてしまう。

――今朝11時ごろ、神奈川県川崎市にて発見された遺体は、24日から行方が分からなくなっていた江東区亀戸の磯川花蓮ちゃん（8）と確認されました。警察は事件の可能性があると見て、今後詳しく調べる方針……。

もう立っていられなかった。

崩れるように、架乃はその場に膝を突いた。

9

＊十一月十九日（日）　午前一時十七分

誘拐事件の端緒から日をまたぎ、小諸功己は身柄を確保された。

確保されたとき、彼は世田谷区内のネットカフェにいた。途中外出ができる上、店員にことわりを入れずとも出入り可能なシステムの店である。

功己は、このネットカフェの個室を拠点に動いていた。店のパソコンと史緒のタブレットを使い、フリーメールで登紀子たちと通信した。

「マル被のマンションから、在登くんのキッズスマホを発見しました。電源は切られています」

無線から声が響いた。玉川署の指揮本部から功己のマンションへ向かった、家捜班の報告であった。

「また、マル成の旅行用キャリーケースを発見。ただしマル成本人の姿は見当たりません。マル成名義のスマホもありません」

だが約二十分後、小諸成太郎は見つかった。

彼は京急蒲田駅から徒歩五分のホテルに滞在していた。「兄貴はそこです」と、功己が自供したのである。

ＳＳＢＣの音声分析結果を待たず、

「図書館や総合病院の公衆電話から、兄貴の家に電話したのは自分です」

功己はすんなり認めた。

「母さんの命令でした。母さんが在登をマンションまで連れてきて、『指示どおり、おまえはネットカフェとやらに行け』と命じたんです。逆らう選択肢？　ありませんでした。母さんの金で生きているおれに、なにができますか……」

ちなみにこの供述は、後日に裏が取れた。

犯人の音声データから単語を不作為に抽出し、功己の肉声と比較したところ、イントネーションや高低の波がすべて一致した。声紋が潰れていようとも、同一人物以外ではあり得ぬ一致であった。

「誤解しないでください。誘拐事件は、ほんとうにあったんです」

取調官を相手に、功己はうなだれて言った。

「ただし、さらわれたのは在登じゃない」

兄貴でした――。

そう絞りだすように告げ、功己は頭を抱えた。

成太郎がバンコクへ飛んだのは先月の二十九日。名目は、国をまたいだ離婚劇の後始末だ。しかし実際は、二十一歳の愛人に会うためであった。

一昨年から現地妻として囲っているタイ人女性に、

「会いたい。いつになったら来てくれるの」

とねだられた成太郎は、バンコクで彼女を拾ってパタヤへ移動する計画だった。

二十九日の午後、彼はスワンナプーム国際空港に降り立った。

さらわれたのは、わずか二時間後のことである。

成太郎の誘拐劇は、誰にも気づかれることなく静かにはじまった。

手引きしたのは成太郎の愛人だった。報酬を得た彼女は同い年の恋人を連れ、予定どおりパタヤビーチへと飛んだ。

その頃『こもろ総合法律事務所』の職員たちは、女がからむと時間も行動もルーズになるボスを嘆きつつ、淡々と口裏を合わせていた。

史緒は諦めの境地で、息子の世話にあけくれた。

功己は常と変わらずぶらぶら暮らしていた。

登紀子はといえば、成太郎のアドレスから送られてくる近況を、長男本人と信じて疑わなかった。

「きれいな海だよ、ママ」

「お土産買って帰るね」

などのメールに「ママはクロコ革と、タイシルクがいいわ」と上機嫌で返した。女遊びは誉められたことではない。しかし賢しらで気取ったあの嫁が、ないがしろにされているのが痛快だった。

異変が起こったのは、十一月十八日の午後二時二分である。

例の動画を添付したメールが、史緒、功己、登紀子宛てにそれぞれ届いたのだ。送信は成太郎のアドレスからだった。

史緒はその動画を、午後二時四分に観た。

功己は午後二時七分に観た。

十九分と二十五分には、小諸家の固定電話に公衆電話から間違い電話があった。

三日前から小諸邸に泊まりこみ、入浴中の登紀子だけがメールに気づかなかった。昼湯から上がった彼女は、リヴィングのソファでようやく動画を確認した。

それが、午後二時三十五分のことだ。

登紀子は動転した。そして固定電話から一一〇番通報をした。

「う、うちの子が、息子が」

彼女は叫んだ。

「うちの子が、さらわれ——……」

そこで通話を切ったのは、史緒だった。登紀子から子機を取りあげ、有無を言わさず切ったのである。

「なにをするの！」

登紀子は憤り、史緒に食ってかかった。

しかしその怒りは長くつづかなかった。通信指令センターからの、折りかえしの確認電話が鳴りはじめたからだ。

長い長いコールだった。いったん切れ、ふたたび鳴りはじめる。神経をささくれ立たせ、脳に突き刺さる音だった。

「どう、するんです」

震える声で、史緒が問う。

「どうするんです、お義母（かあ）さま。警察に、全部言う気ですか？　それならあなたが言ってください。わたしはいやです。あなたが、説明なさってください」

登紀子は答えられなかった。涙の溜まった目で、無言で史緒を睨んだ。

そこへ当の成太郎が帰宅した。

血の気を失い、よろめきながら、成太郎は勝手口から入ってきた。しかし「なにがあったの」と、登紀子が息子を問いつめる暇はなかった。

電話の次はチャイムだった。交番の警官が、直接訪ねてきたのだ。

史緒と登紀子、成太郎は顔を見合わせた。

全員の瞳に怯えが浮いていた。なんとかやり過ごさねばならない。だが、どうしていいかわからなかった。

「はい」

しかたなく、史緒はインターフォンに応答した。

「駅前交番から来ました。ちょっとお話いいですか」

「いま、あのう、取りこんでおりまして」

「でもさきほど一一〇番通報されましたよね？　大丈夫ですか？」

「あ、あれは、間違いです。間違い電話でした。ほ、ほんとに、なんでもなかったんです。すみませんでした、お手間を取らせました。ですから、あの、帰ってください」

その語尾に、かん高い音が重なった。

電話の着信音だ。史緒は飛びあがった。心臓発作を起こしそうだった。

「小諸さん」

警官の声を無視し、史緒は成太郎と登紀子を振りかえった。二人とも、幽霊のような顔をしていた。真っ青で、表情がなかった、能面のようだった。

鳴っているのは、登紀子のスマートフォンだった。

史緒は手を伸ばし、液晶を覗いた。送信者の名は『成ちゃん』であった。つまり成太郎の番号だ。

「小諸さん、小諸さん」

ドアの外の警官は、まだ諦めようとしない。着信音がようやく途切れた。

「小諸さん、お子さんはどうなさったんです。小諸さん」

「帰って！」

登紀子のスマートフォンを手に、史緒は叫んだ。

「言えないんです。か、帰って」

「なにかあったんですね？　それだけでも教えてください。一言でいいです」

「わたしの――、わたしの一存では、答えられません」

史緒はインターフォンを切った。

直後、また着信音が鳴った。だが今度は史緒のスマートフォンだ。メールの着信であった。

送信は、やはり成太郎のスマホアドレスからだ。

「指示どおりに、して」

棒読みの口調で成太郎が言った。

史緒は夫を見やった。彼の目には、まるで光がなかった。口の端がよだれで濡れていた。

成太郎が強い鎮痛剤で朦朧状態にあったと知るのは、ずっとあとのことだ。

当時はただ、薄気味が悪かった。その薄気味悪さと不快感が、史緒を言いなりにさせた。成太郎が正気かどうかわからず、逆らうのが恐ろしかった。

「指示どおり、に、して」

「わ、わかりました」

史緒はうなずき、メールをひらいた。

件名はない。本文には、フリーメールのアドレスとパスワードがあるきりだった。

いま一度、成太郎を見やる。

成太郎の口からは、やはり同じ言葉が繰りかえされただけだ。登紀子はといえば、隣に棒立ちである。

史緒はしかたなく、フリーメールのログインページに飛んだ。アドレスとパスワードを打ちこむ。簡単にログインできた。

できたてのアカウントなのか、スパムすら一通も届いていない。

しかし下書きフォルダに（1）の文字があった。

液晶をタップし、史緒は下書きをひらいた。

　そして、その内容に瞠目した。

　――弁護士の家から誘拐を匂わせる一一〇番通報があれば、警察は放置しない。真実を言うか、芝居を打ってごまかすか、選択肢はふたつ。

　どこかから、彼らを監視しているかのような文面だった。

　震える手で、史緒は画面をスクロールした。

　――成太郎の頭はいま薬漬け。使いものにならない。彼を頼っても無駄。

　――おまえらが無理にごまかそうとするなら、あの動画をネットでばらまく。ＳＮＳでも、無料動画サイトでも拡散する。おまえらの名声はおしまい。

「なに、なんなの」

　登紀子がつばを飛ばして喚いた。

「史緒さん、なんなのよ、読んで。読みあげなさい！」

　言われるがまま、史緒はつづく下書きの指示を読みあげた。

　ネット上に文面を残さないため、今後はこのフリーメールの下書き機能を使ってやりとりすること。読み終えたらその都度「了解」などの言葉で上書きし、証拠隠滅していくこと。全員でパスワードを共有し、必ず数分おきに覗いて情報確認すること。

「せ、成太郎さんでなく、在登がさらわれたことにしろ……、だそうです」

言いながら史緒は、ようやく在登の予定について思いだしていた。

そうだ、今日は英会話スクールの予約がある。

本来ならば在登を昼寝から起こし、駅まで車で送っていたはずだった。この騒動で、すっかり忘れていた。

「それから功己さんを呼びだして、外の公衆電話から、身代金要求の電話をかけさせろ、と……。在登は功己さんの部屋に隠しておけ、だそうです。頃合いを見て在登を家に戻し、『犯人が諦めて解放したようだ』と芝居を打て。人質が無事帰ってきさえすれば、警察のメンツは立つ。マスコミ受けも考えて、警察はそれ以上騒ぎたてない。――そう、書いてあります……」

おかしな話だ、と思った。おかしな話だ。なぜそんな大がかりなことをしなくちゃならないんだ。馬鹿げてる。

だが全員がパニック状態だった。まともにものを考えられなかった。

目の前には、朦朧状態の成太郎がいた。史緒以上に度を失っている登紀子がいた。そして二階には、守るべき大事な在登がいた。

――そうだ。真実を明かすわけにはいかない。

史緒は肚を決めた。

──夫のためでも、小諸家のためでもない。

──在登の将来のためだ。この子のために、すべてを隠蔽しなくては。

史緒は二階に走り、昼寝中の在登を起こした。

ねぼけまなこの息子を登紀子に預け、勝手口の防犯カメラを確認した。下書きの指示にあったとおり、レコーダの電源は切られていた。

「お義母さま、お勝手口から急いで出てください。防カメのレコーダを三十秒後に復帰させます。時刻調整もわたしがします。三丁目の歯科医院まで歩いて、タクシーはそこから拾ってください。まず在登を功己さんのマンションに、次に成太郎さんをホテルに送り届けるんです」

きびきびと命じた。

つづいて史緒は登紀子のスマホを操作し、くだんのフリーメールにすぐアクセスできるよう設定した。

「功己さんに、この画面を見せてください。彼のスマホじゃ危ないから、わたしのタブレットを持っていって。フリメの下書きを見せて理解させたら、彼に『了解』と打たせ、必ず上書きさせてくださいね。わたし、下書きが『了解』の文字に更新されるまで、ずっと見ています。わたしがその『了解』の下にもうひとつ『了解』と打ち、保存しますからね。それがなかった。

決行の合図です」

登紀子が在登と成太郎を連れ、勝手口から出ていくのを史緒は見送った。

午後三時三十八分。

今度は交番員でなく、玉川署の刑事を名のる二人組がやって来た。しかし史緒は扉を開けなかった。

「小諸さん、お話だけでも」

インターフォン越しに響く声に、「帰ってください」「帰って」と繰りかえした。その手にはスマートフォンが固く握られていた。

そしてようやく、待っていた瞬間が訪れた。フリーメールの下書きが更新されたのだ。たった一文『了解』と。

「すみませんでした」

満を持して、史緒は玄関扉を開けた。

「じ、じつは、うちの子が、誘拐されたみたいなんです……」

史緒の供述を聞かされた富安は、唖然としていた。

特殊班員も合田も、高比良も同様だった。およそ信じられぬ話であった。

　だが史緒のスマートフォンには、フリーメールに何度となくアクセスした履歴が残っていた。下書きフォルダにも、史緒の供述どおり「了解」と書かれたメールが一通だけ存在した。

「その都度上書きして消していった……ということは、指示してきた人間の文章は、とっくに消されたわけですね？」

「そうです。わたしたちも、なるべく証拠は残しておきたくなかったので……」

　史緒はまぶたを伏せて認めた。

　ただ、例の輪姦動画を送りつけたメールと、フリーメールのアドレスおよびパスワードを報せたメールは残存した。

　とはいえ、発信は成太郎のスマートフォンからである。フリーメールへのアクセスも同様だと思われた。基地局をたどればおおよその発信場所は判明するが、その場にまだ物証が残っているかは見込み薄であった。

「下書きメールの指示は、詳細でした」

　完全に観念したのか、史緒は淡々と語った。

「功己さんの服装をどうするか。どこの公衆電話から、何時ごろうちにかけるか。警察にどういった内容の作り話をするか。あとは買うべきボイスチェンジャーの銘柄や、カードでなく現金で買うことや……。すべて、ことこまかに書いてありました。わたしたちは向こうの言いなりでした」

唇がふっとゆがむ。

「おかしな話ですが、言いなりになることが、途中からは気持ちよかったくらいです。だって警察のみなさんが、あまりにも下書きメールの予想どおりに動くんですもの。……失礼ですけど、ちょっと痛快でした」

高比良の横で、特殊班員がちいさく舌打ちした。

富安が、眉ひとつ動かさず問う。

「では電話でのやりとりも、すべて指示どおりだったんですか？　公衆電話から功己さんがかけ、あなたが応答する。話す内容も、あらかじめ在登くんの声を録音しておくことも、台本どおりだった？」

「そうです。だってそうでなきゃ、在登の録音データと会話に齟齬が出て、不自然になるじゃないですか」

「なるほど。しかしあなたもたいした役者だ。われわれ全員、あなたがほんとうに悲しみ、動転しているんだと信じましたよ」

「当然ですよ。演技じゃありませんでしたもの」

史緒が言った。

「わたしは、心から動揺していました。今後の生活を思い、離婚を考え……。同時に、在登を巻きこんでしまったことを悔いていました。あの子が功己さんのマンションで、お腹をすかせていないか、寒くないか、心配でたまらなかった。言っておきますが、録音データにあった在登の『ぎゃっ』という悲鳴、あれだって計画外でした。すくなくとも、わたしには知らされてなかった。あのときのわたしは、本気で怒っていました。なにもかも、本心でした」

「なるほど」

富安は繰りかえして、

「ところで、登紀子さんが撒いたこの児童ポルノはなんなんです？」

と用紙を見せた。

「ああ、それは」

史緒が首を縦にする。

「下書きの指示にあったんです。夫は、性犯罪者の弁護活動が多かった。とくに子ども好きの性犯罪者をです。だから誘拐の動機を子どもがらみだと思わせ、捜査を攪乱（かくらん）するために撒け、と言われました。防カメの死角がどこかも、教えてもらいました」

「画像のレイアウトは、あなたたちが？」

「まさか。下書きメールで、URLが報されたんです。わたしたちはその画像をダウンロードして、プリントアウトしただけ」

「ほう。ではここに」

用紙の一枚を富安は指した。

「ここに輪姦動画の一場面がまぎれこんでいることに、あなたは気づかなかった。そう言いたいんですか？」

「え」

さっと史緒の顔いろが変わった。

まじまじと用紙を見つめ、一瞬後「ひっ」と身を引く。

「そ、そんな——。気づくわけありません。そんな気持ち悪い画像、じっと見るわけないでしょ。それにごちゃごちゃしていて、全体に暗くて——」

能面のようだった史緒が、数十分ぶりに人間に戻っていた。

「ほんとうです。だ、だってわたしたち——、わたしたちは、それを隠すために、それだけのために、こんな、必死に」

「わかりました。落ちついてください」

富安が手で制した。

その後の史緒は、完全なる抜けがらだった。ただひたすらに、下を向いてぼそぼそと機械的に供述した。

下書きの指示がどうあれ、登紀子は身代金を払う前に「在登が見つかった」と騒ぐ肚づもりだったらしい。

対照的に史緒は、口止め料に一億くらい安いものだ、と思っていた。

どのみち成太郎とは離婚するつもりだった。慰謝料も養育費もいらなかった。在登の親権と養育権が確保できればよかった。一億でわが子の未来が買えるなら、御の字だと考えていた。

「でも——。急に指示が、途絶えて」

あえぐように史緒は言った。

「幸区の煙草屋から功己さんに電話させろ、という指示のあと、下書きの更新がなくなったんです。わたしたち、いきなり宙に放りだされたみたいで……。どうしていいか、わからなくなって」

それでか、と高比良は納得した。

史緒が「気分が悪い」とトイレと寝室を往復しはじめたのは、おそらくその頃だ。

指示が途切れ、指針を失った。だからこそ彼女は、数分ごとにフリーメールを確認せずにいられなかった。

だが女性警察官の前でスマートフォンにかじりつくわけにはいかない。あせった彼女は、トイレで一人の時間を確保するしかなかった。

「息子さんの未来を守るため、醜聞を隠そうとした気持ちはわかります」

富安は告げた。

「しかし――小諸成太郎さんに、身体検査令状が発布されました」

「えっ」

史緒の顎が、がくんと落ちた。

富安はかぶりを振った。

「むろん捜査員には、守秘義務があります。不用意に口外することはないとお約束します。ですが――あなたがたが望んだ結末には、これはほど遠いでしょうね」

その頃、ホテルで玉川署員に身柄確保された成太郎は、令状にもとづく身体検査を受けていた。

鎮痛剤の効果から醒めかけていた成太郎は、激しく抵抗した。しかし彼は弁護士だった。令状には逆らいきれないと知っていた。

成太郎の体をあらためた玉川署員は、彼が大人用おむつを当てていると悟った。鮮血が滲んだおむつだった。いまだ傷からは、なまなましい出血がつづいていた。

おむつを脱がされた成太郎は、目を閉じて天井を仰いだ。

その股間には、男性器がなかった。

陰茎も睾丸も切除されていた。

それだけではない。彼には不完全な女性器があった。どこの闇医者の仕業か、不格好な膣形成手術がほどこされていた。

小諸登紀子は玉川署の取調室で、

「――だって、ほかに道はなかったんです」

と取調官に訴えた。

「こんなことが世間にバレたら、今後の小諸家の存続にかかわりますもの。あの動画が世に出ないためなら、なんでもする覚悟でした。なのに……ああもう、終わりです。小諸一族は、これで終わりですよ」

輪姦動画は、最後に紙袋をはずし、被害者の顔をあらわにして終わった。

あらわれたのは、術後まもない体を犯され、激痛に猿ぐつわを食いしばる成太郎だった。

成太郎の供述によれば、

「二十九日、バンコクに着いて約二時間後に拉致された。その後はほとんどの間、意識がなかった。病室にいたことはおぼろげに覚えているが、ずっと痛み止めを打たれていて、断片的な記憶しかない」

だそうだ。輪姦されたときの状況については、供述を拒んだ。

その後はふたたび強い鎮痛剤を打たれ、同伴者二人に支えられながら飛行機に乗った。同伴者とどこで別れたかは、やはり覚えていないという。

「犯人に心当たりは？」

取調官に訊かれた成太郎は、ただ首を振った。

「ない、という意味なのか、ありすぎてわからない、という意味なのか。どっちなんです？」

重ねて問うと、

「両方だ」

成太郎は絞りだすように答えた。

「ただひとつ、はっきり覚えていることがある。……最後の鎮痛剤を打たれる直前、こう言われた。『あなたは弁護しただけだものね。だから、命までは取ったりしない。安心して』と。女の声で、日本語だった。若くはなかったと思う。それ以外のことは、なにひとつわからない」

その頃、別の取調室で登紀子はこう吐き捨てていた。

「殺されていたほうが、マシだった」

と。

「あの子はもう、弁護士として終わりです。こうして警察に、なにもかも知られて――今後、どんな顔をして法廷に立てって言うんですか。もし手術で男の体を取りもどせたとしても、終わりですよ。弁護士として生きていけないなら、小諸の後継ぎとしては死んだも同然です。いったいどうして、おめおめと生きて帰ってきたのか……」

登紀子は顔をゆがませていた。成太郎本人が聞いたなら、その場で舌を嚙みかねない残酷な言葉であった。

登紀子、功己、史緒は、警察に対する偽計業務妨害罪で逮捕された。

一方、何者かによる成太郎への略取誘拐罪と、同意なく医療行為をおこなった傷害罪については、

「被害届を出さない」

と、成太郎と登紀子がかたくなに言い張った。

成太郎はこうも言った。

「あんたらが勝手に起訴したとしても、おれは絶対に出廷しないぞ」

略取誘拐罪はともかく、強制性交等罪および傷害罪は非親告罪である。つまり被害届がなくても捜査し、逮捕することは可能だ。

とはいえ現実には、被害届なしに警察が動くことは皆無に近い。

被害があきらかでも捜査を拒むのは、公にできぬ事情が被害者側にあるからだ。仮に起訴できても、裁判での証言は拒む。となれば有罪率もぐっと下がる。

検察は、勝てない裁判はやりたがらない。検察が乗り気でない事件に、当然ながら警察も力は注げない。

——おまけにこの事件は、国をまたいでの犯行だ。

捜査はさらに厄介になる。おまけに花蓮ちゃん殺しのマスコミ対策で、警視庁は手いっぱいと来ている。警察幹部ならびに岡平理事官が、これ以上の捜査を望むはずもなかった。

——ここで幕引きか。

なんとも後味の悪い、謎ばかりが残る結末だ。

だが合田や高比良には、どうすることもできなかった。

10

＊十一月十八日（土）　午後九時四十八分

架乃は食事もろくに摂らず、時間を忘れてパソコンと向きあっていた。

手もとにはアイスの空き容器とマグカップがある。マグカップの底には、乾いたコーヒーの残滓がこびりついていた。

昨夜から、カフェインとジャンクな糖分しか口に入れていない。

パソコンの画面では複数のウインドウがひらかれている。ブラウザアプリ、SNSアプリ、音声再生アプリ。タッチパッドで絶えず操作する。

——先月二十五日に発見された遺体は、やはりあの〝花蓮ちゃん〟だった。

架乃にいつも挨拶してくれた、水色のランドセルの子。ネイルが好きだったあの子だ。

その後、ほとんど事件の続報はなかった。だが昨日、立てつづけに大きな動きがあった。

容疑者だったという花蓮ちゃんの義兄の自殺、そして真犯人の逮捕である。

SNSも、ポータルサイトのコメント欄も、匿名掲示板も、論調は同じだった。一様に警察を批判していた。

「取りかえしのつかない失態」

「拷問まがいの取調べでもしたのでは」

「自殺といえど、これは冤罪による死だ。許されないことだ」

架乃は嘆息し、ウインドウをSNSから音声再生アプリに切り替えた。イヤフォンを耳に押しこむ。

鮎子から渡されたUSBメモリには、圧縮された音源データファイルが入っていた。そのデータを、架乃は繰りかえし繰りかえし聞いた。

はじめて耳にしたときは、驚いた。

——なぜって、〝あの日〟のやりとりを録音したデータだった。

あの日。父と浜真千代が対決した日だ。

父と真千代と架乃とが、一つ屋根の下の、同じアパートにいた日。正確には真千代と父の対決に、架乃が巻きこまれた日であった。

——同時に、わたしが父を取りもどした日でもある。

鮎子に「なぜこのデータを持っているの」と架乃は訊けていない。訊く気はなかったし、必要もないと思えた。第一、知りたいのはそこではなかった。

——なぜいまさら、わたしにこれを聞かせるの。

その一点だった。

架乃はあのとき縛られ、薄い壁を隔てて監禁されていた。父と真千代の会話を、なすすべもなく壁越しに聞いた。だから内容は知っている。結末もわかっている。

——なのに、どうしてだろう。

あらためてデータで冷静に聞くと、記憶とどこか違う気がする。なにかが、かすかに引っかかる。

しかし具体的に、どこがどうとは指摘できなかった。摑めそうで摑めない。わかりかけている気はするのに、もどかしい。

架乃はデータのシークバーを戻し、一から聞きなおすことにした。

すでに何十回と再生し、頭に叩きこんだデータだ。だが、まだどこかに聞き落としがある気がした。

「まあ、待ちぃな」

真千代の声がイヤフォンから響く。

「早漏は嫌われるで、ふふ。あんたもいい歳こいてんねやから、もっと余裕持たなあかん。四十過ぎたら、前戯にたっぷり時間かけるのが男のたしなみってもんや。いらちは、損しかせえへんのよ」

小馬鹿にしたような口調だった。

父の声が、「……なにが、望みだ」唸るように応じる。

ここから先の展開は、わかっている。

善弥の死の詳細を知りたいだろう、と真千代は父に迫る。そして、知りたければ警察を辞めろと強いる。

架乃は知っている。父は、浦杉克嗣は生粋の刑事だ。捜査が天職であり、逆に言えば、それ以外取り得のない男だ。

その父に、真千代は迫った。警察を辞めろ、真千代に関するデータを書類保管庫とデータベースから消し、自分のことは金輪際追うな、と。

――真千代は遊んでいた。父をなぶって楽しんでいた。

かつ途中で、真千代は遊びのルールを変えた。

架乃は目を閉じた。そして、イヤフォンから流れる声に耳を澄ました。

「ふたつにひとつ、てことにしよか。あんたはあたしの言うことを聞く。その代わり、あたしはあんたに息子くんを殺した犯人を教える、もしくは女の子を一人返したる」

「――一人？」

父が呻いた。

「そう、一人よ。ここではっきりしとかんと、あんたみたいなもんはすぐ勘違いしよるからな。イニシアチブを握っとんのは、あくまであたしや。当たりまえみたいに両方返してもらえると思うんは、身のほど知らずっちゅうもんや」

　耐えきれず、架乃は一時停止した。

　掌に滲んだ汗を、無意識に部屋着の裾で拭う。

　ここ数日、架乃は父に連絡するかどうか迷いつづけていた。しかし結局は、電話もＬＩＮＥもできなかった。

　せめて絢の意見が訊きたかったが、絢とも連絡がつかない。引っ越し作業で忙しいのか、何時にどの手段でコンタクトを取っても返信がなかった。

　高比良にもかけてみた。しかし留守電に繋がるだけだった。心細かった。世界に一人きりで放りだされたような気がした。

　再生をクリックする。イヤフォンから、真千代の声がつづいた。

「さあ、選んでぇな」

　低く父が答える。

「……あの子だけは、頼む」

　父のこんな声を聞いたのは、あのときがはじめてだ。

　弱々しかった。敗者の声音だった。だがあのときの架乃には、なにより喜ばしく響いた。

　福音と言ってもよかった。

「なんでもする。だから――頼む。殺さないでくれ。母親のもとへ、無事に返してやってくれ。おれにできることなら、なんでもする。なんでも言うことを聞く」

――喜ばしい、はずなのに。

架乃は指でこめかみを押さえた。

なのに、どうしてこんなに引っかかるのだろう？　なにか見落としている気がするのはなぜ？　頭の奥で鳴りつづく、この警報はなんだろう？

架乃はイヤフォンをはずした。叩きつけるようにテーブルに置き、立ちあがる。

窓の向こうから、かすかに音楽が聞こえた。

――カーステレオ？

部屋を歩きまわりながら、架乃は思った。

懐かしい。わたしが高校生のとき流行った曲だ。ああそうだ。〝あの日〟もこの歌が聞こえてきたっけ。窓の外の、どこかから鳴っていた。

「ああ」

架乃は足を止め、呻いた。

摑みかけている。わたしはいま、なにかを悟りかけている。あとすこし、と、もう一人の自分がささやいている。

鼓膜の奥に、父の声がよみがえった。

――あの子だけは、頼む。

架乃はスマートフォンを手にとった。

震える手で、履歴から電話番号を呼びだす。高比良の番号だった。しかし、応答する声はなかった。

頭蓋で父の声がやまない。

――頼む。殺さないでくれ。母親のもとへ、無事に返してやってくれ。おれにできることなら、なんでもする。なんでも言うことを聞く。

頭を抱え、架乃はその場にしゃがみこんだ。

その刹那。

海馬の隅で、なにかが弾けた。架乃は目を見ひらいた。

天井を仰ぐ。

全身の筋肉が弛緩した気がした。しばし、立ちあがれなかった。

窓の外では耳慣れた曲が鳴りつづけている。外壁と窓ガラスを通して、騒音にならぬぎりぎりの音量で響いている。

――わかった。

架乃は呆然と思った。

あの日の、あのときの真相がようやくわかった。

己の頭皮から、冷や汗がどっと噴きだすのを知覚した。スマートフォンを握りなおす。架乃は父の番号を履歴から呼びだし、通話ボタンを押した。

だが父は出なかった。話し中だった。

切って、今度は高比良にかけた。こちらも話し中であった。

——助けて。

架乃はあえいだ。空気が足りなかった。

吸っても吸っても、酸素が肺に入っていかない。息苦しい。呼吸ができない。

パニック発作だ。架乃は己の胸を手で押さえた。

過呼吸。動悸。吐き気。めまい。自分の身に、なにが起こっているかはわかる。わたしはいま、パニックを起こしかけている。

でもどうすればいいのか思いだせない。対処法がわからない。

——新鮮な空気が、ほしい。

外に出たい。ここはいやだ。窒息しそうだ。じっとしていられない。

スマートフォンを握りしめたまま、架乃は部屋を飛びだした。

靴を履く余裕もなかった。一刻も早く、澄んだ空気を吸いたかった。部屋着のまま内階段を駆けおり、外界へと一歩出る。

出たさきは、別世界だった。漆黒の夜が広がっていた。

しんと静まり、ひどくよそよそしい。架乃を拒絶するかのように、世界はどこまでも冷えきっていた。

架乃の視界がぼやけた。涙だ、と気づくまでに数十秒かかった。

己の涙が膜になって、世界が遠い。よく見えない。架乃は手の甲で目を擦った。

駐車場に、シルバーのシビックが駐まっていた。

フロントドアが開き、鮎子が降りてくる。カーステレオで音楽が鳴っている。例のあの曲だった。

鮎子は、架乃をちらと見た。しかし歩み寄ってはこなかった。代わりに、シビックの後部座席のドアをうやうやしく開けた。

降りたった女性を見て、ああ、と架乃は思った。

――ああ、やっぱり。

心のどこかで予期していた。

いつもそうだ、と唇を噛む。わたしはいつもそうだ。薄うす気づいていても、認めたくない一心で、己に対し目をつぶる。

突きつけられ、認めざるを得なくなる寸前まで、わかっていないふりをする。

〝大家さん〟だった。

だが、毎日見知った顔とは違った。ノーメイクだ。なにより、無表情だった。のっぺりとした、彼女の素の顔がそこにあった。

——浜、真千代。

「録音データ、聞いた？」

真千代が問う。

口調からして〝大家さん〟とは違っていた。真千代本人の声音であり、口調だった。

「聞いたんやねえ。ほんで、わかったやろ？」

イントネーションががらりと変わる。流暢な関西弁になる。

——無理だ。

架乃は悟った。

対峙してわかった。この人に逆らうなんて、わたしには無理だ。

鮎子を「ごめんなさい」と拒むことはできても、眼前の女には抗(あらが)えない。疑似餌のレプリカとは——鮎子とは、まるで違う。惹きつける磁力が段違いだ。

「あんたの親父さんは、刑事としては優秀な猟犬や。いや超優秀、かな」

穏やかに真千代が言う。

「せやけど、父親としては失格」

耐えきれなかった。ついに架乃は泣きだした。

限界だった。裸足のままその場に立ち尽くし、声をあげて、幼女のように泣いた。とめどなく涙と洟が流れた。拭うこともできず、無力にただ泣いた。

鮎子が近づいてきた。

泣きじゃくる架乃の肩に、そっと手を置く。

「もうわかってると思うけど、ネイルサロンのオーナーも真千代さんよ。わたしと絢ちゃんを、あなたのもとへ差し向けたのも彼女」

架乃は応えず、嗚咽を洩らした。

「ごめんね、架乃ちゃん」

鮎子の陰から、そっと絢が言った。

「ごめんね。けど全部の事情は、うちもつい最近知ったの。大学編入の件が、決まったすぐあとくらい」

でも三人いっしょに暮らしたいって思いは、嘘じゃないよ――。絢が言う。

鮎子がうなずき、微笑む。

「そうよ、すべてが嘘じゃない。その証拠に、あなたを傷つけるだけ傷つけて、捨てたりはしない。わたしたちみんなで東京を離れるの。絢ちゃんと水輝ちゃんと、わたしたち。これからもみんないっしょよ」

架乃は顔を上げた。涙で霞む目で、真千代をとらえる。

「……っ、〝ＫｉｋＩ〟さん」

声が喉で詰まった。

「じゃあ、水輝ちゃんをあいつに殴らせたのは？　すべてが嘘じゃないって言うけれど、どこからどこまでが計画だったの？　か――花蓮ちゃんがああなったのも、あなたの仕業？」

「まさか」

真千代が首を振る。

その眼差しは、悲しげですらあった。

「なにが、まさかなのよ」

架乃は怒鳴り、その場で地団太を踏んだ。踏みながら、思った。

こんな真似をするのははじめてだ――。

わたしはいま、駄々をこねている。生まれてはじめて誰かに甘えている。実の母にも甘えられずにいた、このわたしが。

「あ、あの子を、狙ってたんでしょう。全部、わたしを落とすための計画だった。善弥のときみたいに、花蓮ちゃんも、あんたの手下に殺させたんだ。そうでしょう」

「違うわ」

真千代は言った。完璧な標準語の抑揚だった。

「あなたを見張っていたことは、否定しない。あなたのために鮎子を使ったことも、絢を差し向けたのも認める。でも花蓮ちゃんについては——」

目と目がまともに合った。

「あなただって、ほんとうはわかっているんでしょう？」

架乃は泣いた。今度こそ手ばなしの号泣だった。

そうだ。わかっていた。

真千代のような人間にとって、愛や慈しみがどんなものなのかは知らない。だが〝大家さん〟は、すくなくとも花蓮との挨拶を楽しんでいた。

彼女が過ごした日々に、花蓮は間違いなくプラスの存在として刻まれていた。これは、この現状は、真千代が望んだ結末ではなかった。

——世界は、いつだってそうだ。

玉川署の指揮本部を出て、高比良は二十四時間営業のコーヒーショップにいた。

ホットコーヒーを持ち、窓際のカウンターに座る。

ウインドウの向こうには、半透明な灰いろの空が広がっていた。

一睡もしていない目に信号の青が染みた。配達員のバイクが、ガラス越しに走り過ぎていく。

——小諸家は、これからどうなるのだろう。

史緒、功己、登紀子の三人は偽計業務妨害罪に問われた。

とはいえ、起訴されたとしても在宅起訴だろう。実刑はまず考えられない。重くとも、全員に執行猶予が付くに違いなかった。

——それより、成太郎だ。

史緒は、傍目にも離婚の意思を固めていた。

登紀子は長男の身に起こったことを、はっきり恥じていた。

今後も成太郎が、弁護士として活動していけるとは思えない。生けるしかばね同然に見えた。

——磯川花蓮ちゃん殺しの弁護は、どうなるだろう。

犯人の柴門拓也は、『こもろ総合法律事務所』の若手が引き受けるのだろうか。それとも、ほかの弁護士事務所を紹介するのか。

成太郎を拉致した犯人の一人は、彼にささやいたという。「あなたは弁護しただけだものね。だから、命までは取ったりしない」と。

この「弁護した」は、誰にかかる言葉だったのだろう。

柴門拓也か。それとも、もっと昔に成太郎が担当した性犯罪者なのか。

――成太郎の身に起こったことは、悪夢だ。

同じ男として悪夢でしかない。しかしいまは、なぜか感覚が麻痺していた。

嫌悪はある。しかし誰に対する嫌悪なのか、自分でもわからなかった。犯人への怒りが薄い。成太郎や小諸家に対する同情心も、ほぼ湧かなかった。

高比良はスマートフォンを取りだした。

浦杉にメッセージを送るつもりだった。詳細を語るつもりはない。しかし「解決した」くらいは報告しておこうと思った。

そのとき、高比良のスマートフォンがちいさく鳴った。

ショートメッセージサービスの着信だ。

浦杉架乃からだった。二通ある。

「いろいろと相談にのってくださって、ありがとうございました。心から感謝しています。

警察官になるべきか迷った、あのときの気持ちは嘘じゃありません」

なんだ？　と高比良は首をかしげた。

まるで今生の別れのようなメッセージだ。二通目を読んだ。

「お父さんに、さよならと伝えてください。それから、生き残ったのがわたしでごめんなさいって。顔を上げてもらえますか？」

その文面につられたように、高比良は顔を上げた。

ガラス越しの世界に目を凝らす。

眼前には歩道があり、街路樹があり、片側二車線ずつの十字路があった。信号機がまぶしく瞬く。

その四車線の向こうに、シルバーのシビックが停まっていた。

後部座席に座る女性が、こちらに顔を向けているようだ。リヤウインドウがゆっくり下がっていく。若い女性だった。だが、顔の造作まではよく見えない。

――まさか、架乃ちゃん？

高比良は腰を浮かせた。眼前のガラスに額を付け、目を凝らそうとした。

しかしその前に、スマートフォンがふたたび鳴った。

合田からだ。

柴門拓也が留置場で死んだ――、という報せだった。

就寝中に自分のトレーナーの袖を首に巻きつけ、縊れ死んだという。署員が気づいたときは、すでに手遅れだった。

力なく、高比良はストゥールに尻を落とした。

なぜか全身に、びっしり鳥肌が立っていた。シビックが走りだすのを、彼は呆然と見守った。

銀の車体が青信号を通過していく。

ウインドウの向こうで、静かに雨が降りはじめた。

エピローグ

「それとですね、親切のつもりで申しあげるんですが」

小諸弁護士はゆったり微笑んだ。

「こんな席ですら感情を抑えられないのでは、ねえ。あなたは公判でも、そうやって泣くつもりですか？　裁判はロジカルな場です。女性の涙は通用しませんよ。あなたのような美人は、泣けば済まされてきたんでしょうが……」

駄目押しのつもりらしかった。だが、必要なかった。

すでに瀬川いさ子の心は折れていた。

——絢を、証言台には立たせられない。

——たとえそれが、こいつらの思う壺だったとしても。

いさ子は涙で霞む目で、向かいの小諸弁護士を睨んだ。

もはや睨むことしかできなかった。罵倒したくても声は詰まり、言葉が出てこなかった。

——こいつの子、も。

こいつの息子も、わたしの絢と同じ目に遭えばいい。

そう強く念じた。

子どもに罪はない。親の咎を子どもに負わせるべきではない。わかっている。理性でわかっていても、願わずにいられなかった。

こいつにも、わたしと同じ思いを味わわせたい。

愛する者をめちゃくちゃにされて、家族全員で絶望のどん底に落ちればいい。

――そのときに後悔したって、もう遅い。

いさ子の呪いも、約十年後に長男の成太郎を襲う運命も知らず、小諸昇平弁護士はゆったりと微笑んでいた。

引用・参考文献

『ケースで学ぶ犯罪心理学』越智啓太　北大路書房
『警視庁科学捜査最前線』今井良　新潮新書
『誘拐殺人事件　TRUE CRIME JAPAN』斎藤充功　同朋舎出版
『子どもと性被害』吉田タカコ　集英社新書
『性犯罪者の頭の中』鈴木伸元　幻冬舎新書
『男が痴漢になる理由』斉藤章佳　イースト・プレス
『なぜ、人は操られ支配されるのか』西田公昭　さくら舎
『性犯罪被害にあうということ』小林美佳　朝日文庫
『パンセ』パスカル　塩川徹也訳　岩波文庫

この作品は書き下ろしです。原稿枚数484枚（400字詰め）。

監禁依存症（かんきんいぞんしょう）

櫛木理宇（くしきりう）

令和5年10月5日　初版発行

発行人——石原正康
編集人——高部真人
発行所——株式会社幻冬舎
〒151-0051東京都渋谷区千駄ヶ谷4-9-7
電話　03(5411)6222(営業)
　　　03(5411)6211(編集)
公式HP　https://www.gentosha.co.jp/
印刷・製本—中央精版印刷株式会社
装丁者——高橋雅之

幻冬舎文庫

ISBN978-4-344-43321-2　C0193　く-18-7

この本に関するご意見・ご感想は、下記アンケートフォームからお寄せください。
https://www.gentosha.co.jp/e/